Brautstrauß
von Gott berührt

Wienke Ursula Schulenburg

Brautstrauß

von Gott berührt

Wienke Ursula Schulenburg

Bibliografische Information der Deutschen Nationalbibliothek: Die Deutsche Nationalbibliothek verzeichnet diese Publikation in der Deutschen Nationalbibliografie; detaillierte bibliografische Daten sind im Internet über dnb.dnb.de abrufbar.

ISBN: 978-3-7693-7685-2

Verlag: BoD · Books on Demand GmbH, Überseering 33, 22297 Hamburg, bod@bod.de

Druck: Libri Plureos GmbH, Friedensallee 273, 22763 Hamburg

Widmung

Dieses Buch ist niemand geringerem als dir, liebe Leserin, lieber Leser gewidmet. Dir, die neugierig, der entschlossen, zu diesem Buch gegriffen hat, einem inneren Impuls folgend.

Es ist für dich geschrieben, du, für den meine Gebetsfreunde und ich die letzten Jahre regelmäßig gebetet haben, du, die ich unterstützen möchte, indem ich einige meiner kostbarsten Erfahrungen teile.

Möge dieses Buch ein Puzzleteil sein auf deinem Weg, und möge Er, unser Gott, dir immer wieder erneut Seine Nähe offenbaren, Seine Schönheit zeigen und dich mit Seiner Liebe, so zart und behutsam, stark und mächtig, vollkommen und übergroß, aufrichtend und korrigierend, heilend und freisetzend berühren und überschütten.

Danksagung

Danke, Vater, dass Du ein Gott bist, der treu ist und der Sein Wort hält.
Dass Du ein Gott bist, der sich nicht scheut, in die dunkelsten Momente unseres menschlichen Daseins hineinzukommen und so lange zu bleiben, bis wir den Mut gefunden haben, die Dunkelheit zu verlassen.
Dass Du Deine Allmacht darin zeigst, indem Du gütig bist und uns immer wieder die Hand entgegenstreckst.
Und dass Du uns mit einer Liebe überraschst, die wir kaum glauben können.

Danke, Jesus, dass Dir jeder von uns wichtig ist und Du willst, dass jeder Mensch gerettet wird und zur Erkenntnis der Wahrheit gelangt. (In Anlehnung an 1. Timotheus 2,3-4)

Danke, Vater, dass Du Dein Versprechen wahr machst und über den Heiligen Geist jeden Menschen, der in diesem Buch liest, begegnen und berühren willst und wirst. Dass Du uns Menschen, die sich nach Dir ausstrecken, entgegeneilst und in Empfang nimmst. Und dass Du Wunderbares und Wundervolles für uns vorbereitet hast, wie Du im Buch Jeremia gesagt hast:

So spricht der HERR*, der die Erde geschaffen und fest gegründet hat – und sein Name ist HERR:
Ruf mich, dann will ich dir antworten und will dir gewaltige und unglaubliche Dinge zeigen, von denen du noch nie gehört hast.
Jeremia 33,3 (Neues Leben. Die Bibel)

*HERR steht für das Tetragramm JHWH, den heiligen Namen Gottes.

Inhalt

Prolog - Die Gottesanbeterin

Es war an Weihnachten 2024, als ich auf La Palma, einer kleinen vulkanischen Insel der Kanaren, durch die zerklüfteten Lavafelder wanderte und die Gemeinschaft mit Jesus genoss.
Seit Jahren nehme ich mir über die Feiertage eine Auszeit, um ganz mit Ihm und auf Ihn ausgerichtet Zeit zu verbringen.

Alte Klöster und Kirchen gibt es auf La Palma häufiger als Supermärkte, und so fand ich schnell Anschluss an eine kleine katholische Gemeinde, die lebendig und tiefgläubig eine besondere Anziehungskraft auf mich ausübte.
Canarios sind wundervolle Menschen mit offenem Herzen und einer willkommen heißenden Art, das durfte ich immer wieder erleben und umso mehr, wenn es Geschwister im Glauben sind. Und so wurde ich sofort aufgenommen in ihre Gemeinschaft und durfte über die Feiertage Teil der Glaubensfamilie sein.
Es ist eine tief berührende Erfahrung, irgendwo fremd und doch zu Hause zu sein, einfach deshalb, weil du Geschwister im Geiste überall auf der Welt hast.

Es war warm, und ich war froh, als ich den Leuchtturm an der Küste erreichte, wo es ein kleines Café mit Erfrischungen gab. Fuencaliente heißt der Ort – heiße Quelle. Eine heilige Quelle, wie die Canarios sagen. Eine Quelle des Lebens auf einer kleinen Insel mitten im Atlantik.
Eine besondere Stimmung umgab mich, Seine Gegenwart war so greifbar.
„Vater, was ist meine Aufgabe für die nächste Zeit?", hatte ich beim Wandern gefragt. „Was hast Du für mich vorbereitet, was ist Dein Wille?"

Während ich auf das Café am Leuchtturm zuging, hörte ich Seine Stimme, die mich aufforderte, zu einem kleinen Verkaufsstand zu gehen, wo ein Künstler seine Kunstwerke anbot. Wie mit einem Finger zeigte Er auf ein kleines Drahtgebilde, das in zart schimmernden Farben besonders schön aussah.

„Das hier", hörte ich und verstand sofort, was Er meinte. Gottes Sprache ist so klar und unmissverständlich, wenn sie dich direkt ins Herz trifft.

Das zarte Gebilde aus Draht war eine Mantis, eine Gottesanbeterin. Gottesanbeterinnen kann man sich vorstellen wie größere Heuschrecken, die ihre Vorderbeine zum Himmel heben in einer anbetenden Haltung.

Ich wusste, was Er meinte. Und ich wusste, was Seine Aufgabe und Plan für mich waren.

Gott führte Sein Volk im Alten Testament aus der Sklaverei in Ägypten in die Wildnis, um den Menschen die Möglichkeit zu geben, Gemeinschaft mit Ihm zu haben und Ihn anzubeten. Es war ihnen unmöglich gewesen, die immer größeren Forderungen des Pharaos zu erfüllen, der sie versklavend immer mehr Leistung in Form von gebrannten Ziegeln von ihnen wollte.

Die Welt, damals wie heute, fordert und lässt in ihren Ansprüchen nicht nach, während man unmerklich immer mehr in innere Versklavung vielfältigster Natur rutscht und dem Weg folgt, den die Welt ein „gelungenes Leben" nennt.

Gott gibt uns immer wieder die Möglichkeit, aus diesen Mustern auszubrechen und echte Freiheit zu erleben, wahre Freiheit, die nur in der engen und persönlichen Beziehung zu Ihm zu finden ist.

Davon handelt dieses Buch, das eine Einladung zu deinen ganz persönlichen Gottes-Begegnungsmomenten sein will.

Glaubenssache

Gott lebt in dir. Das zu wissen ist eine Sache. Es zu erleben eine andere.

Es gibt Menschen, die erleben Gott in ihrem Herzen, ohne zu wissen, dass es Gott ist.
Sie stehen – aus meist gut nachvollziehbaren Gründen – mit Kirche auf Kriegsfuß und können nicht glauben, dass „das Licht", „die Kraft", „die Weisheit", „die Liebe", die sie als göttliche Instanz in sich empfinden, tatsächlich der gleiche Gott wie der der Kirche sein soll.

Mein Physiotherapeut brachte es auf den Punkt, indem er sagte: „Gottes Bodenpersonal – nein danke! Aber als ich beim Marinetauchen fast umgekommen wäre, da war jemand da, der auf mich aufgepasst hat. Ich glaube, das war Gott. Er ist immer bei mir."

Findest du dich in diesen Gedanken wieder?

Oder geht es dir vielleicht so wie vielen, die „an Gott glauben", aber Ihn weder erleben noch wirklich Kraft, Begeisterung und Freude aus diesem Erleben schöpfen können?

Vielleicht bist du aber auch schon lange mit Ihm unterwegs und dein Herz brennt vor Liebe zu Ihm. Und gerade weil dies so ist und du weißt, dass es nichts Schöneres gibt als das, willst du mehr. Und Ihn immer wieder neu erleben!

Dieses Buch möchte zu dir sprechen, in die Winkel deines Inneren hinein, die vielleicht sogar vor dir selbst noch verborgen sind.
Es möchte etwas in dir zum Leben erwecken, was tot geglaubt und aufgegeben war. Es will dir helfen, das zu entdecken, was du bereits irgendwie weißt, ohne es vielleicht richtig greifen zu können.

Und es will dich begleiten auf dem Weg zurück zu dem, was ich „Zuhause" nenne. Dieser Ort so nah am Herzen Gottes, dass man Seinen Herzschlag spürt und von Seiner Freude durchtränkt ist.

In diesem Buch geht es um dich und deine Beziehung zu dem Schöpfer dieser Welt und Freund deiner Seele.
Obwohl ich viel Persönliches und Glaubensschätze teilen werde, spiele ich hier die kleinste Rolle, ganz im Sinne des Paulus, der in der Apostelgeschichte, Kapitel 20, Vers 24 sagt:

Doch mein Leben ist mir nicht der Rede wert, es sei denn, ich nutze es, um das zu tun, was der Herr Jesus mir aufgetragen hat – das Werk, anderen die Botschaft von Gottes Gnade zu bringen.
(Neues Leben. Die Bibel)

Es ist kein Geheimnis, dass wir Menschen in Gemeinschaft über die Geschichten und Wege eines anderen viel schneller und freudvoller lernen können, als allein und spielerisch Parallelen zum eigenen Leben und Innenleben herstellen.
Lebendigkeit und Glauben sind inspirierend und im besten Sinne ansteckend. Sie bestärken und richten auf und wecken unter Umständen sogar das, was, noch schlafend oder verborgen, bereits in einem vorhanden ist.

Gott will dir begegnen, ganz neu und einmal mehr. Er will dich an Sein väterliches Herz ziehen, noch näher, noch inniger, noch liebevoller.
Er nutzt, so glaube ich, uns alle und somit auch dieses Buch, um uns zu stärken, um unsere Herzen zu heilen und neu auf Ihn auszurichten.
So will dieses Buch ein Hinweisschild sein zu dem Einen, der von sich sagt, „der Weg" zu sein und „die Tür"; der eine, durch den wir Gemeinschaft mit dem Vater, dem Schöpfer der Welt, haben können.

Dieser eine ist Jesus Christus, oder, wie Er im Jüdischen heißt, Yeschua ha Maschiach.

Er will dir begegnen. Lebendig und real.
Er steht an deiner Tür und wartet, dass du sie Ihm noch ein Stück mehr oder vielleicht sogar zum allerersten Mal öffnest.

Diese Begegnung wird dich verändern. Für immer.

Bist du dabei?

Gute Frage! Oder: Der „unbekannte Gott"

„Wie bist du eigentlich zum Glauben gekommen?", ist eine gängige Frage, vor allem unter Christen. Wann hast du dich bekehrt?

Viele gläubige Menschen haben an dieser Stelle eine konkrete, oft knackige Geschichte zu erzählen. Sie wissen oftmals sogar das genaue Datum und feiern jährlich diesen besonderen Tag.

Ich weiß nicht, wie es bei dir war und ob du überhaupt so eine Geschichte hast. Meine Geschichte – und vielleicht auch deine – ist nicht so kurz und knackig zu erzählen, damit aber nicht weniger schön.

Immer wieder treffe ich Menschen, denen es ganz ähnlich ergangen ist. Menschen, die Ihn immer kannten, Seine Gegenwart ihr Leben lang erlebten, mal mehr, mal weniger, und die dank Seiner Präsenz immer beschützt durchs Leben kamen, trotz widriger oder sogar lebensbedrohlicher Umstände. Menschen, von denen andere sagen, sie hätten „irgendwie immer Glück" und sogar „Glück im Unglück." Die Wahrheit ist, sie haben kein Glück, sondern sie haben ihren Schöpfer direkt an ihrer Seite, oft ohne ihn konkret benennen zu können.

In Psalm 146, Vers 5 heißt es:
Doch glücklich ist der, dem der Gott Israels hilft,
der seine Hoffnung auf den Herrn, seinen Gott setzt.
(Neues Leben. Die Bibel)

Ich glaube, diese Menschen tun das intuitiv, weil sie Ihm nahe sind, auch wenn sie Seinen Namen noch nicht kennen.

Ganz ähnlich scheint es auch Paulus, ein Botschafter der guten Nachricht (d.h. des Evangeliums), zu sehen, als er im Verlauf seiner zweiten Missionsreise ca. 51-54 nach Christus in Athen Menschen von Jesus erzählt und dabei Bezug auf einen bestehenden Altar inmitten von verschiedensten Kultstätten nimmt, mit der Inschrift:

„einem unbekannten Gott".

Hier wurde ein Gott verehrt, den man nicht kannte, der aber dennoch da war. Aber lesen wir selbst direkt in der Apostelgeschichte, was Paulus darüber zu sagen hat:

„Ich bin durch eure Stadt gegangen und habe mir eure heiligen Stätten angesehen. Dabei habe ich auch einen Altar entdeckt mit der Inschrift: ›Für einen unbekannten Gott‹. Was ihr da verehrt, ohne es zu kennen, das mache ich euch bekannt.

Es ist der Gott, der die Welt geschaffen hat und alles, was darin lebt. Als Herr über Himmel und Erde wohnt er nicht in Tempeln, die ihm die Menschen gebaut haben.
Er ist auch nicht darauf angewiesen, von den Menschen versorgt zu werden; denn er selbst gibt ihnen das Leben und alles, was sie zum Leben brauchen.
Er hat aus einem einzigen Menschen die ganze Menschheit hervorgehen lassen, damit sie die Erde bewohnt. Für jedes Volk hat er im Voraus bestimmt, wie lange es bestehen und in welchen Grenzen es leben soll.
Und er hat gewollt, dass die Menschen ihn suchen, damit sie ihn vielleicht ertasten und finden könnten. Denn er ist ja jedem von uns ganz nahe.
Durch ihn leben wir doch, regen wir uns, sind wir! Oder wie es einige eurer Dichter ausgedrückt haben: ›Wir sind sogar von seiner Art.‹"
Apostelgeschichte 17, 23-28 (Gute Nachricht. Die Bibel)

Er war schon immer in meinem Leben gewesen. Meine große Liebe, mein Licht, mein Leben. Diese goldene, gütige, starke, liebende Präsenz, der ich als kleines Mädchen mein Herz schenkte und mein Leben weihte.

Dass diese Verbindung und Liebe bis aufs Blut umkämpft ist, erlebte ich wieder und wieder, bis zu dem Punkt, mein Leben loslassen zu müssen, um das Kostbarste nicht zu verlieren. Um das Wertvollste nicht loslassen zu müssen. Etwas, das größer war als das Dasein hier auf der Erde.

Er lebte in mir, so, wie Er auch in dir und jedem von uns lebt.

Und weil ich nicht im Ansatz glauben konnte, dass Er der Gott sei, den Menschen in Kirchen anbeteten, war Er einfach mein Schatz. Mein „innerer Gott", der in dem wohnte, was ich „meine Seele" nannte.

Ein Hinweis an dieser Stelle: Die Meinungen scheiden sich oft an dem Begriff „Seele", da er immer wieder ganz Unterschiedliches beschreiben soll.

Im christlichen Kontext ist mit „Seele" zum einen ein

- Gebilde gemeint, das durch Denken, Fühlen und Wollen zum Ausdruck kommt und zu seiner Reifung die Führung des Geistes bedarf

und zum anderen

- der Sitz des Göttlichen und somit das Allerheiligste im Menschen.

Für manche Menschen bedeutet die Seele etwas, was verletzt werden kann - die verletzte „Kinder- oder Frauenseele" zum Beispiel.

Für andere wiederum ist sie der göttlicher Teil im Menschen und damit natürlich unverletzbar, heilig und ewig.

Für mich war meine Seele als Kind das Kostbarste, was ich mir vorstellen konnte. Etwas, was heilig war, so heilig, dass ich nicht darüber sprechen konnte, aber alles tat, um es zu schützen.
Denn schon früh merkte ich, dass es Kräfte in Menschen gab, die hinter diesem Heiligen her waren, die es sahen und in blindem Hass zerstören wollten. Das Böse war derart geblendet und provoziert von dem inneren Leuchten, dass es alles daransetzte, es zu zerstören, es zu rauben und – vielleicht noch schlimmer – mich dazu zu bringen, es zu verleugnen und selbst Teil der verschlingenden Dunkelheit zu werden.

Christen glauben, dass Jesus in ihnen lebt.
Obwohl dieser Gedanke erst seit wenigen Jahren Teil meines Lebens ist, begleitet mich diese *Erfahrung* bereits mein gesamtes Leben.

Als Kindergartenkind spielte ich oft das Krippenspiel nach, selbstverständlich als Maria, die das Heiligste der Welt unter ihrem Herzen und in ihren Armen trug und vor dem bösen Herodes, dem Kindsmörder, schützte. Eine kleine Bärenpuppe wurde Sinnbild des Heiligen, das in mir lebte und schützenswertes Subjekt und gleichzeitig Objekt der Begierde des Bösen war.
Ich kannte dieses „Christkind", nicht nur von Erzählungen, sondern weil es auf besondere Art und Weise in mir lebendig war.

Das war wohl die erste und auch letzte für mich erlebbare Verbindung zum Gott der Christen, bevor der Faden zum Christentum abriss und eine innere Gottesbeziehung an die Stelle trat, die als Geheimstes, als Allerheiligstes in mir lebte, gut versteckt vor der Welt und den Menschen, denen ich kein Vertrauen mehr schenkte.
Es war diese Verbindung, die mir half, zu überleben.

Erinnerst du dich daran, wie es bei dir war?
Gab es Momente der göttlichen Nähe in deiner Kindheit, die möglicherweise auch fernab von religiösen oder kirchlichen Kontexten stattgefunden haben?

Es lohnt sich, einmal mit dieser Frage zu leben.
Oft sind wertvolle (und übrigens auch traumatische) Erfahrungen aus unserem Alltagsbewusstsein ins Unterbewusste verlagert und brauchen Zeit, wieder greifbar zu werden.
Wenn man eine Zeit lang mit offenen Fragen an das eigene Leben und Erlebte lebt und diese im Gebet bewegt, können sich alte Türen wieder öffnen und Erfahrungen freigeben, die wir vergessen glaubten.

Blitz der Erkenntnis

Es war zwischen den Jahren und ich war auf einer meiner Lieblingsinseln: Lanzarote. Die Kanaren sind über viele Jahre mein Zuhause gewesen, ein „Exil" zum einen und zum anderen ein Ort, an dem ich mich sicher fühlte und meine Seele öffnen konnte. Es ist lieblich dort, die Menschen warmherzig, der Wind warm, der Atlantik weit und die Lavafelder schenken Ruhe. Ein Paradies.
Seitdem ich wieder in Deutschland lebe, besuche ich meine geliebten Inseln von Zeit zu Zeit, hauptsächlich in den Wintermonaten, um in der Abgeschiedenheit der Inselwelt zu schreiben oder Bücher auf ihre Veröffentlichung vorzubereiten.

So auch in diesem Winter. Ich arbeitete an meinem Buch „Befreiungsschlag", das kurz vor der Veröffentlichung stand.
An diesem Abend hatte ich mein Arbeitspensum bereits erfüllt und genoss das frische Hotelzimmer, den sanften Wind in den Palmen und den Frieden in meinem Herzen. Auf meinem Laptop liefen YouTube Videos, während ich ins Bad ging, um zu duschen.
Nach einem YouTube Video kam das nächste, das nächste und das nächste. Ich hörte nur mit einem halben Ohr zu und wusste gar nicht genau, was gerade lief. Doch plötzlich war etwas in der Stimme des Mannes, der in dem Video sprach, das meine volle Aufmerksamkeit auf sich zog. Er sprach von etwas oder besser gesagt von jemandem, den ich kannte!
Es durchfuhr mich wie ein Schreck. Schnell griff ich zu einem Handtuch, lief mit triefenden Haaren ins Schlafzimmer und starrte auf den Bildschirm.

Der Mann sprach von dem, der ganz tief in meinem Herzen lebte, so tief verborgen, dass niemand Ihn sehen konnte (dachte ich). So gut versteckt, dass ich niemals Seine Existenz preisgegeben hätte, denn sie war das, was mir heilig war, sie war alles, was mich am Leben hielt. Sie war mein Schatz, für den ich bereit gewesen war, mich quälen zu lassen und mein Leben loszulassen.

Ich starrte auf den Bildschirm. Wie konnte dieser Mann das wissen? Wie konnte er über den sprechen, den ich doch so gut verborgen hielt? Denn eines war sonnenklar: Er meinte den, den auch ich kannte.

Ich musste mich setzen. Wer war dieser Mann in dem Video? Worüber sprach er?

Während ich ein Video nach dem anderen von ihm anschaute, trockneten auch meine Haare.

Dieser Mann war Tobias Teichen, Pastor einer Freikirche in München. Als ein weiteres Video angezeigt wurde, in dem seine Frau, Frauke, sprach, dachte ich: Ach, die „kenne" ich doch, denn sie umgab eine Herzenswärme und starke Sanftheit, die ich von Ihm, meinem geheimen Gott kannte.

Wie konnten sie mein größtes Geheimnis kennen?

Diese Frage schockierte und beschäftigte mich. Ich empfand es als eine Mischung aus „ertappt" und „gefunden worden sein" und entschied mich für die positive Variante.

Konnten wir wirklich den Gleichen meinen, wo diese beiden doch zur „Kirche" gehörten?

Für mich waren das zwei Welten, die in meiner Erfahrung nicht zusammenpassten. Kirche war meinem Erleben nach nicht der Ort gewesen, wo ich Ihn erlebte. Seine Größe, Güte, Schönheit, Heiligkeit war in meiner Wahrnehmung viel, viel, viel zu gewaltig, um in dem Menschengemachten oder zumindest von Menschen Dominierten leben zu können.

Heute hat sich diese Erfahrung geändert, und ich kann Ihn sehr wohl in Gemeinsamkeit mit anderen Menschen und kirchlichen Settings erleben. Die tiefsten Momente der Begegnung erlebe ich aber nach wie vor in der Zurückgezogenheit meines Herzens mit Ihm allein.

Nach diesem Abend veränderte sich vieles. Ich ahnte, dass der, den ich kannte und liebte, Jesus genannt wird. Die Puzzleteile fanden nur schwer zueinander. Ich empfand Kirche so weit weg von dem, was ich in meinem Herzen erlebte.

Die Angst, dass die Heiligkeit der Begegnung mit ihm von leeren Worten, Sätzen und Handlungen ersetzt werden könnte, war groß, und ich beschloss, einfach weiterhin nicht darüber zu reden und diese Verbindung geheim und geschützt zu halten. Mit dem Namen „Jesus" tat ich mich schwer, weil er so besetzt von menschlichen Vorstellungen war.

Für mich war Er so nah, so heilig, so groß, so kostbar, so überlebenswichtig, dass die Idee, Ihm einen Namen zu geben oder Ihn bei einem solchen zu rufen, völlig irrelevant gewesen war und mir nie in den Sinn gekommen wäre.

Auch die Frage: „Wer war es denn, der in deiner Nahtoderfahrung bei dir gewesen war?" konnte ich nie wirklich nachvollziehen. Wen interessieren Details wie Name und Aussehen, wenn du Ihm nahe sein kannst und Ihn kennen darfst? Sind die Erfahrung der Begegnung und Gemeinschaft nicht viel wichtiger, als diese benennen und beschreiben zu können?

Die, die mit Namen um sich warfen, hatten mein Herz leider nie berührt oder den Eindruck erweckt, dass der von ihnen benutzte Namen auf „meinen" Gott, meinen Schatz passen könnte.

Die Art von Tobias Teichen und seiner Frau, von Jesus zu sprechen, war mir vertraut. Da war etwas, was ich zutiefst kannte. Was ich liebte. Über alles.

Dabei beließ ich es.

Die große Bestätigung kam wenige Monate später, als...

Hoher Besuch

Die große Bestätigung kam wenige Monate später, als ich in meinem kleinen Büro unterm Dach an meinem Arbeitstisch stand und mich um Abrechnung und Steuern kümmerte, etwas, was ich nicht unbedingt gerne tue, was aber erledigt werden will.

Und da stand Er plötzlich neben mir, Er, der meine Seele liebt.
Ihn, den meine Seele liebt (Hohes Lied, 3).
Ganz sanft, warm, stark, leuchtend, ruhig, lebendig... vertraut und nah. Groß, übergroß und doch so, dass ich keine Angst hatte. Mein Freund. Mein großer, lieber, liebster Freund.

Er sprach zu mir so, wie in der Nahtoderfahrung, ohne Worte und doch so klar, dass ich jedes einzelne Wort verstand.

Vertraut. Liebevoll. Klar. Stark.

„Komm nach Jerusalem", sagte Er, „ich will dir dort begegnen, ich warte dort auf dich."

Andere Einzelheiten der Begegnung möchte ich gerne für mich behalten.

Nachdem Er gegangen war, dachte ich nach. Er... Jerusalem...
Dann musste es wohl wirklich Jesus sein, war meine logische Schlussfolgerung.

Ich googelte, was man zu Israel als Reiseland wissen musste und wie lange ein Flug dorthin gehen würde. Und flog kurze Zeit später.
Von der Reise nach Jerusalem erzählte ich im letzten Drittel meines Buches: „Bestimmung – Schicksal als Mission". Aber so viel sei hier gesagt:

Der Feind wollte nicht, dass ich nach Jerusalem flog und vereitelte fast den Flug. Und ja, Er hielt natürlich Wort und begegnete mir. In Tabgha, nahe dem Ort, an dem vor knapp zweitausend Jahren die Bergpredigt stattgefunden hatte. Und ich dufte viele besondere Momente und Begegnungen mit Menschen aus allen Ecken der Welt erleben, die Ihn kannten und kennen, lebendig, tief, nah und vertraut. So wie ich.

So war ich mit meiner Liebe zu Ihm nicht mehr allein.

Jesus fordert seine Jünger und somit auch uns auf, Salz und Licht in der Welt zu sein:

Ihr seid das Salz der Erde. Wenn aber das Salz fade wird, womit soll es wieder salzig gemacht werden? Es taugt zu nichts mehr, als dass es hinausgeworfen und von den Leuten zertreten wird.
Ihr seid das Licht der Welt. Es kann eine Stadt, die auf einem Berg liegt, nicht verborgen bleiben.
Matthäus 5,13-14 (Schlachter)

Salz und Licht sind unter anderem Bilder für die unsichtbare und doch real erlebbare Gegenwart Gottes.
Wir sind aufgefordert, die würzende, heilende und konservierende Kraft des Salzes zu verkörpern und manchmal auch „geistigen Durst" zu verursachen, den Durst nach dem Wasser des Lebens.

Dieses Wasser des Lebens ist Jesus selbst, der zu einer samaritanischen Frau am Brunnen sagt:

Jesus erwiderte: »Wer dieses (das Wasser des Brunnens) *Wasser trinkt, wird bald wieder durstig sein.*

Wer aber von dem Wasser trinkt, das ich ihm gebe, der wird nie wieder Durst bekommen. Dieses Wasser wird in ihm zu einer nie versiegenden Quelle, die ewiges Leben schenkt.«
Johannes 4,13-14 (Hoffnung für alle)

Dieser Aufforderung folgend teile ich öffentlich immer wieder auch die heiligsten Momente meines Lebens, in dem Wissen, immer auch Unverständnis und Kritik zu ernten, vor allem bei den Menschen, denen solche Erfahrungen fremd sind und auf die sie absurd wirken. Aber ich tue es fest in der Gewissheit, dass manch einer von dem Inhalt, dem „Salz", geistigen Durst bekommen und der Wunsch wach oder erneut belebt wird nach dem Wasser des Lebens.

Auch ich brauche dieses „Salz" und bin dankbar für das, was andere Menschen an persönlicher Gotteserfahrung großzügig zeigen und weitergeben. Durch solche Momente wachse ich, wachsen wir. Sie wecken den Wunsch nach mehr Jesus in unserem Leben und können ein Gebet in uns formulieren, das Ihn einlädt.

Der Leiter eines Bibelkurses sagte einmal sehr treffend: Im Glauben zu wachsen ist gewissermaßen „Teamsport".

Der Kampf um die Seele

Eines war mir als kleines Mädchen immer klar gewesen: Ich durfte nicht „böse" werden. „Böse werden" hieß für mich, so zu werden wie „sie", die anderen Schmerzen zufügen, hassen und dies direkt und verletzend zum Ausdruck bringen. „Böse werden" hieß aber auch, das Heiligste in sich zu verraten und das Heiligste im anderen zerstören zu wollen.

„Böse werden" war so leicht. Es hieß, einfach nicht mehr so entsetzlich leiden zu müssen. Nicht ständig Angst und Todesangst zu fühlen. Den Widerstand aufzugeben. Nicht mehr nach innen zu schauen, um mich leiten zu lassen, sondern auf sie. Mich von ihnen formen zu lassen. Mich selbst und das Heiligste in mir loszulassen und mich ihnen in die Hände zu begeben.
Das wäre mein Ende gewesen und das Ende von dem, was ich in mir schützte. Mein Innerstes wäre verdunkelt.

Innere Dunkelheit ist furchtbar. Sie ist schlimmer als der Tod.
Ohne zu wissen warum, stand mir diese Tatsache immer klar vor Augen.
Diese Form der Dunkelheit ist schwärzer und schmerzlicher als jeder Schmerz, düsterer als der Tod. Sie hat etwas so Grauenvolles, dass der physische Tod, selbst unter Qualen, dagegen hell erscheint.

Man kann das Allerheiligste, so glaube ich, insofern verlieren, als dass man den Kontakt zu Gott nicht mehr erlebt und dafür in Kontakt mit dem Bösen lebt. Und man kann vom Bösen vereinnahmt und besessen werden, das einen als Folge davon lenkt und leitet und Dinge tun lässt, die grausam, furchtbar und vernichtend sind. Das lebten mir Menschen in meinem Umfeld immer wieder vor.

Zu sehen, wie aus dem lieben Papa plötzlich ein Monster wurde, ein Dämon, der sich so ganz anders verhielt als sonst, war schockierend und erschütternd. Die Gesichtszüge veränderten sich, die

Ausstrahlung wurde kalt, eiskalt, bitterböse, versteinert. Nichts konnte sein Herz mehr erwärmen. Im Gegenteil, jeder Versuch, ihn an sich selbst und das Gute in ihm zu erinnern, brachte noch mehr das Böse hervor, das alles daransetzte, mich zu verschlingen und zu einem der ihren zu machen.

Als ich in einem Moment schlimmster Folter meinen Körper verlassen musste und plötzlich mit meinem Bewusstsein über dem Szenario stand, sah ich zum einen meinen eigenen Körper, der bleich und blass wie eine Leiche aussah, leblos und ausgelaugt. Seines Lebens beraubt.
Und zum anderen den Körper meines Vaters, der mehr einem Dämon als einem Menschen ähnelte, dürr, gespenstisch, abgrundtief böse und hässlich. Ein Alien, das über mir hockte. Ein Monster. Ein Dämon eben.
An ihm war nichts Menschliches mehr.
Erst als die Person (also mein Vater) realisierte, dass mein Körper leblos war, kam der Mensch, den ich als meinen Vater kannte, in die Gestalt zurück. Es muss wohl seine große Angst um mein Leben gewesen sein, die dazu führte, dass er sich als Mensch den Besitz über sein Ich zurückholte und anfing, meinen Körper wieder zu beleben.

Für mich war das ein Grund zur Flucht gewesen. Ich wollte nicht mehr zurück in diesen Horror. Diesen ständigen Kampf um mein Leben, physisch wie seelisch-geistig. Nach all den Jahren war ich leer und erschöpft und konnte nicht mehr.
Und so begann ich „loszulaufen". Nur weg. So weit wie möglich durch das, was sich wie eine dicke Dornenhecke und Stacheldraht anfühlte hinein in einen Tunnel, an dessen Ende das große Licht, Er selbst, wartete.

Ich wünschte, ich hätte damals Bibelstellen zur Hand gehabt und auswendig gekonnt, an die ich mich hätte klammern können. So aber

sang ich als kleines Kind das Lied von meinem Schutzengel: „Schutzengel mein, behüt´ mich fein, Tag und Nacht, früh und spät, bis meine Seele zum Himmel eingeht..."
Meist begann ich an dieser Stelle äußerlich oder innerlich zu weinen und zu bitten, dass meine Seele doch bitte ganz schnell und bald in den Himmel eingehen möge.

Oder ich ging im Kopf Einmaleinsreihen durch und später Englisch- und Französischvokabeln, um die innere schreiende Leere mit etwas zu füllen und nicht an den fremden Eindrücken und der dämonischen Energie verrückt zu werden.

Innere Leere ist ein gefährlicher Nährboden für Böses.
Aus diesem Grund warnt die christliche Lehre vor Meditationen, bei denen es darum geht, sich innerlich „leer zu machen".
Wird diese Leere nicht bewusst gefüllt, können negative Kräfte sie nutzen, um sich Raum im Menschen zu verschaffen. Es entsteht ein Teufelskreis, bei dem der Mensch immer mehr, länger und intensiver meditieren muss, um neue innere Leere zu schaffen, die erst als befreiend und Ort der Ruhe erlebt wird, die dann aber in einem zweiten Schritt wiederum von negativen Kräften und Mächten genutzt wird, die sich dort einnisten und ausbreiten können.

Im Bilde gesprochen: Müll rausbringen ist definitiv gut, die Freiräume müssen allerdings mit Gutem gefüllt und ihre Plätze besetzt werden, sonst besetzen sie ungebetene Gäste, die auch noch ihre Kumpel mitbringen.

Die Bibel beschreibt es in einer Rede Jesu an die Pharisäer so:

„Wenn ein böser Geist einen Menschen verlässt, geht er in die Wüste und sucht Ruhe, aber er findet keine. Da sagt er sich: ›Ich will lieber wieder in den Menschen fahren, aus dem ich gekommen bin.‹ Und er kehrt zurück und findet sein früheres Heim leer, gefegt und sauber

vor. Danach findet der Dämon noch sieben weitere Dämonen, die noch schlimmer sind als er selbst, und sie alle ergreifen Besitz von dem Menschen und nisten sich in ihm ein. Genauso wird es euch ergehen."
Matthäus 12, 43-45 (Neues Leben. Die Bibel)

Mir war dieses Konzept nicht klar, aber ich erahnte es intuitiv und versuchte, mit Kinderliedern, der Schönheit der Natur, der Liebe zu Haustieren und zum Leben und Vokabeln meine innere Leere zu füllen.

Dass dies nur bedingt Kraft hatte, ist klar. Aber es war das, was mir damals zur Verfügung stand. Und das nutzte ich, voll und ganz.

Ein paar knackige Bibelstellen hätten deutlich mehr Kraft gehabt und somit Wirkung gezeigt, das weiß ich heute und durfte damit, wenn auch in anderen und deutlich weniger dramatischen Lebenssituationen als damals, gute Erfahrungen machen.

Wahrheiten, die den inneren Freiraum füllen und gleichzeitig Halt geben, können zum Beispiel folgende sein:

„Ich habe Autorität über den Feind in Jesus."
In Anlehnung an Lukas 10,19

„Ich bin stark im Herrn und in der Macht seiner Stärke."
In Anlehnung an den Epheser Brief 6,10

„Ich kann von Gottes Liebe durch nichts getrennt werden."
In Anlehnung an den Römer Brief 8,38-39

„Je mehr ich Jesus anschaue, desto mehr werde ich in sein Bild verwandelt."
In Anlehnung an den 2. Korinther Brief 3,18

„Ich bin Gottes Tempel, der Heilige Geist wohnt in mir."
In Anlehnung an den 1. Korinther Brief 3,16

„Ich bin errettet aus der Macht der Finsternis und hineinversetzt in das Reich des Sohnes seiner Liebe."
In Anlehnung an den Kolosser Brief 1,13

Ich bete dafür – und wenn du magst, kannst du an dieser Stelle mitbeten – dass Menschen in Bedrängnis standhaft bleiben und nach Gott schreien. Dass sie die Kraft aufbringen, sich dem Bösen zu widersetzen, was sie zerstören will und gleichzeitig für sich zu gewinnen versucht, und dass sie sich an Gott klammern.

Und ich bete dafür, Herr, dass Du bei ihnen bist. Dass Du ihnen nahe bist und sie daran erinnerst, dass sie zu Dir gehören und Dein sind. Erinnere sie daran, dass Du am Kreuz das Böse besiegt und uns freigekauft hast. Und dass das Böse jegliches Anrecht auf uns Menschen verloren hat. Amen.

Licht der Welt

Nachdem ich das vorherige Kapitel geschrieben habe, wechselte ich von meinem Schreibprogramm zu YouTube, um mir ein weiteres Video zum Thema Kirchengeschichte anzusehen (momentan eines meiner Studienfächer). Ich sehe, dass ich eine Benachrichtigung auf meinem Kanal habe und habe den Impuls, diese zu lesen.

Nachrichten wie diese lassen mich sehr still werden. Ich lese sie und lasse sie gleichzeitig nicht an mich heran. Sie sind irgendwie „zu groß". Ich möchte den Ort der Demut nicht verlassen.
Würde es in dieser Nachricht nicht ausgerechnet um das Thema des vorigen Kapitels gehen und diese Frau genau das beschreiben, um was es in der Essenz geht, ich würde ihre Worte hier nicht wieder geben:

Liebe Ursula, dank dir habe Ich wieder einen Sinn in meinem Leben gefunden und vor allem auch die Stärke, das alles durchzustehen. Du bist meine heimliche Mentorin und mein großes Vorbild. Ich danke dir aus tiefstem Herzen dafür, dass du nicht aufgegeben hast und heute als Leuchtturm den Weg erhellst und Orientierung gibst. Danke, dass du niemals aufgegeben und dein inneres Licht beschützt hast. Danke.

...das innere Licht beschützt hast...

Genau das scheint für viele von uns das Wichtigste zu sein. Vielleicht auch für dich.
Denn es *ist* das Allerwichtigste.

Christus ist das Licht der Welt.

Jesus sagte zu den Leuten: »Ich bin das Licht der Welt. Wer mir nachfolgt, braucht nicht im Dunkeln umherzuirren, denn er wird das Licht haben, das zum Leben führt.«
Johannes 8,12 (Neues Leben. Die Bibel)

Und Er lebt in jedem einzelnen von uns, der Ihn in sein Inneres und sein Leben eingeladen hat.
Was gibt es Kostbareres?

Wer zu Gott gehört, den umgibt Licht.
Psalm 97,11 (Neues Leben. Die Bibel)

Ich glaube fest daran, dass jede und jeder von uns, der durch Dunkelheit gehen muss – wie immer diese auch aussehen mag – und sich nach dem Licht sehnt, diesem begegnen und frei wird!
Letztendlich ist aber nicht entscheidend, was ich glaube, sondern was die Bibel sagt:

Wenn ihr mich sucht, werdet ihr mich finden. Ja, wenn ihr von ganzem Herzen nach mir fragt, will ich mich von euch finden lassen. Das verspreche ich, der HERR.
Jeremia 29,13-14 (Hoffnung für alle)

Oft kennen Menschen, wie ich damals, den Namen Jesu nicht in Verbindung mit dem, was sie zutiefst als „das Licht" empfinden und konkret erleben. Nicht im esoterischen Sinne, sondern als überwältigende, verzehrende Gottesnähe.

Und doch ist eines klar: Im Namen Jesu liegt eine für uns Menschen kaum zu greifende Kraft.

Im Johannes Evangelium 14,6-7 heißt es:
Jesus antwortete: „Ich bin der Weg, ich bin die Wahrheit, und ich bin das Leben! Ohne mich kann niemand zum Vater kommen.

Wenn ihr mich wirklich kennt, werdet ihr auch meinen Vater kennen.
Ja, ihr kennt ihn schon jetzt und habt ihn bereits gesehen!"
(Hoffnung für alle)

Als ich in meiner Nahtoderfahrung Jesus begegnen durfte, erkannte und kannte ich Ihn als meinen großen Freund, auch wenn ich Seinen Namen nicht aussprach, noch im Nachhinein benannte. Er schaute auf mein Herz, das Ihm zugewandt war. Und ich wusste, ohne jeglichen Schatten des Zweifels: Das ist Er, der Eine, der Einzige, der Name aller Namen, der König aller Könige.

Gott sieht und hört uns, hört dich, auch wenn man Namen und Ansprache noch nicht draufhat.
Das erzählt die Geschichte von Hagar, einer Frau im Alten Testament, die allein mit ihrem Sohn in der Wüste dem Verdursten nahe war und von Gott gerettet wurde.

Da rief Hagar aus: »Ich bin tatsächlich dem begegnet, der mich sieht!« Darum nannte sie den HERRN, der mit ihr gesprochen hatte: »Du bist der Gott, der mich sieht.«
1.Mose 16,13 (Hoffnung für alle)

Und: Er prüft vor allem eines: Unser Herz.

Im 1. Buch Samuel 16,7 sagt Gott zu Samuel, einem Seiner Propheten, der ausgesandt war, den nächsten König zu salben:

Doch der HERR sagte zu Samuel: »Lass dich nicht davon beeindrucken, dass er groß und stattlich ist. Er ist nicht der Erwählte. Ich urteile anders als die Menschen. Ein Mensch sieht, was in die Augen fällt; ich aber sehe ins Herz.«
(Gute Nachricht. Die Bibel)

Dass es in Gottes Augen wertvoll ist, Ihn zu kennen, Ihm nahe zu sein und treu auf das zu hören, was Er sagt, ohne vielleicht in der Lage zu sein, Ihn „korrekt" ansprechen zu können, scheint meinem Empfinden nach auch diese Bibelstelle in Matthäus 7,21-23 zu unterstreichen:

„Nicht wer mich dauernd ›Herr‹ nennt, wird in Gottes himmlisches Reich kommen, sondern wer den Willen meines Vaters im Himmel tut.
Am Tag des Gerichts werden viele zu mir sagen: ›Aber Herr, wir haben doch in deinem Auftrag prophetisch geredet! Herr, wir haben doch in deinem Namen Dämonen ausgetrieben und viele Wunder vollbracht!‹
Aber ich werde ihnen entgegnen: ›Ich habe euch nie gekannt. Ihr habt meine Gebote mit Füßen getreten, darum geht mir aus den Augen!‹"
(Hoffnung für alle)

Wenn sich unser Herz nach dem „Licht der Welt" ausstreckt, nach dem „Brot des Lebens" hungert, nach „der Wahrheit" dürstet und das „wahre Leben" so schmerzlich vermisst, dann ruft es.
Und Gott hört es.

Und noch eins zum Abschluss dieses Kapitels:
Was wir im Verborgenen tun, wo uns niemand sieht... Was stattfindet nur zwischen Gott und unserem Herzen... Deinem Herzen... Das geht nicht verloren!

Er sieht es.

Du aber, wenn du betest, geh in dein Kämmerlein und schließe deine Türe zu und bete zu deinem Vater, der im Verborgenen ist; und dein Vater, der ins Verborgene sieht, wird es dir öffentlich vergelten.
Matthäus 6,6 (Schlachter)

Gebet und Gottesbegegnung gehen nicht verloren. Es wird – wie dieser YouTube Kommentar am Anfang des Kapitels zeigt – unter Umständen sogar irgendwann sichtbar und zum Segen für andere, darf Hinweisschild werden und auf den zeigen, der der einzige und wahre Retter ist.

Vom Bösen im Schlaf verfolgt

Es gab eine Zeit, da war mein Schlaf stark umkämpft. Immer wieder hatte ich Träume, mal dunkel, mal sehr dunkel, in denen ich angegriffen und verfolgt wurde.

Die Welt der Träume hat viele Ebenen. Unsere Psyche verarbeitet Alltagsdinge im Schlaf, die sich in Träumen widerspiegeln können. Gleichzeitig können aber auch Erfahrungen der Vergangenheit, besonders auch traumatische, sich über Albträume einen Weg vom Unterbewusstsein ins Bewusstsein bahnen.
Und dann gibt es Träume, die spiegeln jenseits des Gefühls- und Seelenlebens eine geistige Ebene wider, auf der wir als Menschen ebenso zuhause sind wie auf der körperlichen und emotionalen Ebene, nur dass wir diese meist nicht so differenziert wahrnehmen oder im ersten Schritt überhaupt anerkennen.
Und nicht zuletzt gibt es noch prophetische Träume, die direkt in unser Leben sprechen wollen.

Als jemand, der sich viel und intensiv mit Trauma und Seelenverletzung auseinandersetzen musste, wurde mir schnell klar, dass diese Träume noch eine andere Ebene als die seelische beinhaltete, einfach auch deshalb, weil ich in der Arbeit mit diesen Träumen keine weiteren Informationen aus meinem Unterbewusstsein zu vergangenen oder auch gegenwärtigen Erlebnissen bekam und die Gefühlssprache der Träume nicht auf eine kindliche und vergangene Erfahrungswelt schließen ließen.

Zum besseren Verständnis:
Neulich auf einer Geburtstagsfeier traf ich ehemalige Klassenkameraden, die erzählten, noch Jahrzehnte nach dem Abitur Albträume von Prüfungssituationen gehabt zu haben. Solche Albträume spiegeln vergangene Erlebnisse und sind gefühlsmäßig in eine konkrete Zeit einzuordnen.

Als Person, die in meinen Albträumen verfolgt wurde, war ich weder kindlich noch spiegelte die Gefühlswelt einen Persönlichkeitsanteil meiner Vergangenheit wider. Ich erlebte mich als die Person, die ich in der Gegenwart war.

In einem dieser Träume wurde ich direkt angegriffen von einer aggressiven, brutalen Gestalt, die mich aus dem Bett riss und mich durch den Raum schleuderte. Noch im Traum begann ich als erfahrene Trauma-Therapeutin, das Erlebte einzuordnen:
Waren es Bilder von missbräuchlichen Übergriffen aus der Kindheit und Jugend?
Spiegelten sie möglicherweise Gewalt, die ich verdrängte?

Nichts war stimmig und traf zu.

Ich wandte alle mir bekannten Trauma-Tools an, um mich zu beruhigen und wieder ins Gleichgewicht zu bringen, teilweise im Traum, teilweise im Halbschlaf, doch der Horror verließ mich nicht. Diese Erkenntnis schockierte mich zutiefst. Meine Hunde, die äußerst wachsam sind und normalerweise jedes Geräusch im Haus anzeigen, waren ruhig. Das Handy lag griffbereit neben dem Bett.

Irgendwann bekam ich Angst vor dem Einschlafen und den Träumen, weil ich nicht wusste, wie ich ihnen begegnen sollte.

Dieser Traum ist noch deutlich in meiner Erinnerung, weil er die Wende brachte:

Zusammengekauert lag ich im Bett, am Ende meines Lateins. Die dunkle Präsenz griff mich immer noch an, schleuderte mich im Traum im Raum hin und her.
Plötzlich fiel mir ein Lied aus meiner Kindheit ein, das ich oft im Stillen gesungen hatte, während ich gequält und vergewaltigt wurde:
„Sankt Michael, himmlischer Held, sende deine Kraft und Stärke in unsere Herzen..."

Augenblicklich zog sich das Pechschwarze zurück und der Druck nahm ab. Ich konnte wieder atmen. In meiner Not sang ich weiter: „Sankt Michael, himmlischer Held, sende deine Kraft und Stärke in unsere Herzen".
Es wurde hell im Raum und eine wohltuende Stille und Frieden traten ein.

Tiefe Erleichterung und Dankbarkeit machten sich in mir breit.

Das Erlebnis ging mir nicht aus dem Kopf und gab mir zu denken.
Das Einzige, was geholfen hatte, war ein christliches Kinderlied gewesen und das nicht vordergründig deshalb, weil es die kindliche Psyche beruhigte.
Puzzleteile setzten sich in meinem Kopf zusammen.

Danach war eine lange Zeit lang Ruhe, und ich konnte wieder schlafen.

Von da an verzichtete ich auf die meisten Routinen zur gesunden Schlafhygiene, die ich mir erarbeitet hatte, denn ich wusste, dass die Ursache für die Albträume eine ganz andere war als die, die ich angenommen hatte.

Interessant und vielleicht hilfreich für den einen oder anderen Lesenden hier ist noch folgendes Detail:
Ein traumatisierter Körper kann unter Umständen auf alles, was in der Regel schlaffördernd und beruhigend wirkt wie Baldriantropfen, ein alkoholfreies Bier am Abend, ruhige Musik, Kerzenlicht und co. genau konträr zu der erwarteten Wirkung reagieren: Er fährt hoch und ist umso wacher und sogar in Alarmbereitschaft.

Das, was sich auch bei mir noch als ein alter Mechanismus aus vergangenen Trauma-Zeiten zeigte, in denen Runterfahren gefährlich

war, war allerdings noch so viel mehr: Ein Ruf nach geistig-seelischer Wachsamkeit und Wachheit!
Wachheit war und ist meine Überlebens- und Kampfstrategie gewesen, und zwar nicht nur im Körperlichen, sondern ganz besonders im Seelisch-Geistigen.

Die Bibel sagt dazu:

„Seid besonnen und wachsam und jederzeit auf einen Angriff durch den Teufel, euren Feind, gefasst! Wie ein brüllender Löwe streift er umher und sucht nach einem Opfer, das er verschlingen kann.
Ihm sollt ihr durch euren festen Glauben widerstehen. Macht euch bewusst, dass alle Gläubigen in der Welt diese Leiden durchmachen."
1. Petrus 8-9 (Neues Leben. Die Bibel)

Als Kind und Jugendliche wollte ich das Erlebte nicht verdrängen und dissoziieren. Ich wollte nicht wegdämmern, während das Unheil geschah und mich nicht mehr erinnern können. Ich wollte nicht die Augen schließen und mich selbst meinem Schicksal überlassen! Schon damals kämpfte ich mit ganzer Kraft dafür, seelisch offen zu bleiben und die Verbindung zum Göttlichen in mir, zum eigenen Wesenskern, zu der Lebendigkeit in mir zu halten.

Und auch in dieser Zeit der Schlaflosigkeit und Albträume wusste ich, dass Wachheit und Aufmerksamkeit wichtig und vonnöten waren, um diese Kämpfe zu erkennen und zu gewinnen.
Ein gesunder Schlaf war sicherlich auch wichtig, aber nicht zum Preis von einem seelisch-geistigen Dämmerzustand.

An alle, denen an dieser Stelle vielleicht diese zum Teil gängigen Tipps einfallen:
Räume räuchern hat nicht geholfen und sämtliche andere esoterische Ratschläge wie Kristalle aufstellen, Traumfänger usw.

habe ich im Vorfeld als wirkungslos abgelehnt. Nicht aus Arroganz und Überheblichkeit, sondern weil in meiner Wahrnehmung das Gewicht der Träume nicht im Ansatz durch diese Praktiken hätte ausgewogen werden können und ich esoterische Lebensweisen immer als verschleiernd und damit schwächend und sogar gefährlich wahrgenommen habe.

Für mich hat sich die Ahnung bestätigt, dass gegen das *abgrundtief Böse* nur Gott selbst hilft als das *ultimativ Gute*, der erhaben und souverän über allem, besonders auch über dem Bösen, steht.

Und es ging weiter...

I belong to Jesus!

„I belong to Jesus" – diesen Schriftzug trägt Joyce Meyer als Tattoo auf einem ihrer Schulterblätter. Sie ist eine bekannte Predigerin aus den USA, die offen über ihre Vergangenheit mit Missbrauch in der Familie spricht.

„Der Feind soll sofort wissen, zu wem ich gehöre, wenn er mich angreift", sagte sie sinngemäß in einer Predigt, als sie über die Gründe ihres Tattoos sprach. Tätowierungen gelten in manchen christlichen Kreisen als verpönt.

In dem Moment wusste ich, was sie meinte, denn es spiegelte meine eigene Erfahrung wider.

Identität ist unser wahrer Schutz gegen Angriffe aus der geistigen Welt. Identität bzw. unser Wissen um diese ist die Antwort schlechthin auf alle Herausforderungen des Lebens.

Das klingt sehr pauschal und scheint zu einfach. Aber für mich, und da schließe ich mich einer großen Mehrheit christlich Glaubender an, ist dies zur Wahrheit geworden.

Je nachdem, wer ich glaube zu sein, begegne ich Herausforderungen anders.
Unsere Identität ist das, was wir zutiefst glauben zu sein. Sie geht tiefer als Teil-Identitäten, die wir im Laufe unseres Lebens erleben, wie zum Beispiel „ich bin der ältere Bruder", „ich bin Schülerin", „ich bin erfolgreiche Firmenleitung", „ich bin Vater/Mutter", „ich bin Rentner" usw.

Unsere wahre Identität ist etwas, was alle anderen Teil-Identitäten, die eher Rollen gleichen und Lebensabschnitte beschreiben, in den Schatten stellt. Etwas, was dauerhaft ist. Was Lebensumstände, so heftig sie auch sein mögen, einem niemals nehmen können.

Hier einige Beispiele aus der Bibel (die Kern-Aussage ist in fett hervorgehoben):

*Oder wisst ihr nicht, dass euer Leib **ein Tempel des Heiligen Geistes** in euch ist, den ihr von Gott habt, und dass ihr nicht euch selbst gehört?*
1. Korinther 6,19 (Elberfelder)

*Nun seid ihr alle zu **Kindern Gottes** geworden, weil ihr durch den Glauben mit Jesus Christus verbunden seid.*
Galater 3,26 (Hoffnung für alle)

*Gehört ihr aber zu Christus, dann seid auch ihr **Nachkommen von Abraham**. Als **seine Erben** bekommt ihr alles, was Gott ihm zugesagt hat.*
Galater 3, 29 (Hoffnung für alle)

*Weil ihr nun **seine Kinder** seid, schenkte euch Gott seinen Geist, denselben Geist, den auch der Sohn hat. Jetzt können wir zu Gott kommen und zu ihm sagen:»Abba, lieber Vater!«*
*Ihr seid also nicht länger Gefangene des Gesetzes, sondern **Söhne und Töchter Gottes**. Und als Kinder Gottes seid ihr auch **seine Erben**, euch gehört alles, was Gott versprochen hat.*
Galater 6,7 und 8 (Hoffnung für alle)

*Denn ihr seid alle **Kinder des Lichts und des Tages**; wir gehören nicht der Finsternis noch der Nacht.*
1. Thessalonicher 5,5 (Neues Leben. Die Bibel)

Und: Identität ist Schutz.

*Wir wissen: Wer ein Kind Gottes ist, der sündigt nicht, weil der **Sohn Gottes ihn bewahrt**. Darum kann der Teufel ihm nichts anhaben.*

1. Johannes 5,18 (Hoffnung für alle)

Nach einer langen Phase der Ruhe in meinem Schlaf kamen erneute Albträume, die ein neues Thema und zu meisternde Aufgaben mit sich brachten. Sie kamen zwei Mal. Dann war es vorbei.

Es ging wieder um Verfolgung. Etwas Dunkles rannte hinter mir her, setzte mich unter Druck, bedrängte mich, wenngleich es mich nicht berühren konnte.
Es jagte mir nach und konnte sich, im Vergleich zu mir, mühelos an Orte versetzen, während ich laufen musste. So stand es beispielsweise schon oben am Treppenabsatz, während ich noch die Stufen empor rannte, um ihm zu entkommen.
Nichts half, das Böse loszuwerden. Es nahm mich und meine Versuche, es abzuschütteln oder des Feldes zu verweisen, nicht ernst.
Das war frustrierend und beängstigend.

In meiner Not hielt ich im Traum inne und da wurde es mir bewusst. Es fiel mir wie Schuppen von den Augen. Ich fühlte es tief, tief in meinem Herzen.
So holte ich tief Luft und schrie dem Bösen mit ganzer Seele entgegen:
„Ich gehöre zu Jesus Christus!"

Augenblicklich nahm das Böse Reißaus. Ich war frei.
Und wachte auf.

Ich gehöre zu Jesus Christus.
Er hat mich vom Bösen freigekauft. Das Böse hat kein Anrecht mehr auf mich. Wenn es sich mit mir anlegt, greift es göttlichen Besitz an und muss sich mit dem Chef persönlich konfrontieren.

Was für mich eine Offenbarung war, steht bereits seit zweitausend Jahren im Neuen Testament im Lukasevangelium, 10,7:

Als die zweiundsiebzig Jünger zurückgekehrt waren, berichteten sie voller Freude: „Herr, sogar die Dämonen mussten uns gehorchen, wenn wir uns auf deinen Namen beriefen!"
(Hoffnung für alle)

Nach dieser Erfahrung begann ich zu recherchieren und alles aufzusaugen, was mit der Identität in Christus zu tun hat.
Wer wir in Ihm sind.
Das Thema der „Sohnschaft" (das übrigens auch für Frauen gilt) und dass unsere wahre Identität die des „Kindes des Höchsten" ist.
Plötzlich verstand ich auf einer viel tieferen Ebene, was ich bereits erlebt hatte und Bibelstellen wie:

Und jeder, der den Namen des Herrn anruft, wird gerettet werden.
Joel 3,5 (Neues Leben. Die Bibel)

machten zutiefst Sinn.

Mir wurde klar, dass es nicht wichtig ist, wer ich bin. Das Böse nahm mich, ganz augenscheinlich, nicht im Ansatz ernst. Es interessierte sich nicht dafür, wer ich war oder was ich draufhatte.
Null.

Aber es gab und gibt einen, den es mehr als ernst nahm und nimmt.
Ernst nehmen muss. Vor dem es flieht.
Dieser eine ist Jesus.

Wenn ich mich entscheide, zu Jesus zu gehören, zu Gott zu gehören und Seine Sohnschaft, also die Zugehörigkeit zu Ihm, annehme, bin ich safe.
Werde ich angegriffen, wird es nämlich zur Chefsache.

Das Junge einer Löwin lässt man zufrieden. Kinder, die sich auf ihre Eltern verlassen können und wissen, dass diese eingreifen, sind deutlich geschützter als andere. Es tut gut, auf dem Pausenhof zu wissen, dass man einen „großen Bruder", Schwester oder Freunde hat. Und hier sprechen wir nur von menschlichen, noch nicht von göttlichen Verbindungen.
In Christus gehören wir zur himmlischen Familie.

So seid ihr nicht länger Fremde und Heimatlose; ihr gehört jetzt als Bürger zum Volk Gottes, ja sogar zu seiner Familie.
Epheser 2,19 (Hoffnung für alle)

Der Traum kam ein zweites Mal. Diesmal war die Verfolgungsjagd deutlich kürzer, weil mir schneller einfiel, wer ich war und auf wessen Namen ich mich berufen konnte.

Im Theologiestudium erzählte einer der älteren Dozenten, der sein Leben lang als Pastor gedient und etliche Bücher zu geistiger Kampfführung geschrieben hatte, von einer Frau, die in Träumen immer wieder von einer Schlange verfolgt worden war. Sie war jemand, die er seelsorgerlich begleitet hatte.
Es war ihr nie gelungen, die Schlange zu besiegen, bis sie eines Tages im Traum auf die Idee kam, auf einen Hügel zu laufen, auf dem ein Kreuz stand.
Sich an das Kreuz klammernd machte sie der Schlange deutlich, zu wem sie gehörte. Und der Horror war vorbei. Für immer.
Diese Geschichte spiegelte mir die meine.

Niemand legt sich mit Jesus an. Nicht einmal der Teufel.
Warum nicht?
Weil er weiß, wer Jesus ist: Der Sohn des allmächtigen Gottes.

Im Markusevangelium 5,7-8 spricht der Dämon aus einem besessenen Menschen folgende Worte:

Und rief laut: „Was willst du von mir, Jesus, du Sohn Gottes, des Höchsten? Ich beschwöre dich bei Gott, quäle mich nicht!"
Jesus hatte nämlich dem Dämon befohlen: „Verlass diesen Menschen, du böser Geist!"
(Hoffnung für alle)

Jesus hat die gefallene Menschheit am Kreuz durch sein Blut vom Teufel freigekauft und somit erlöst. Damit hat der Teufel kein Anrecht mehr auf den Menschen. Versuchen tut er es trotzdem und nutzt die Unwissenheit und das fehlende Identitätsbewusstsein von uns Menschen aus.

Manch einem stellt sich hier vielleicht die Frage:
Warum gehörten die Menschen denn überhaupt dem Teufel?

Weil er sie verführt und dazu gebracht hat, sich gegen Gott zu stellen und ihr eigenes Ding zu machen. Sie verloren ihr göttliches Dasein und mussten das Paradies, den Ort der Gemeinschaft mit Gott, verlassen.

Durch Jesu Tod sind wir Menschen vom Tod und von der Macht des Bösen freigekauft worden.

Aber: Wir haben immer noch einen freien Willen und können entscheiden, zu wem wir gehören wollen. Ganz bewusst, jeden Tag, jede Minute aufs Neue.
Unsere Identität ist die des Kindes Gottes.
Aber wir sind frei, diese Identität, die göttliche Abstammung und das geistige Erbe abzulehnen, so wie man auch ein irdisches Erbe ablehnen und seine Herkunft verleugnen kann.

Fazit:
Es ist nicht wichtig, wer ich bin, wer du bist, sondern zu wem wir gehören.

Das war eine befreiende Erkenntnis. Der Teufel in meinen Träumen nahm mich nicht ernst, wohl aber den, zu dem ich mich bekannte. Wenn ich zu Jesus gehöre, muss mich der Teufel ernst nehmen, denn Jesus Christus ist der Herr aller Herren, der den Teufel besiegt hat. Wenn der Teufel mich angreift, legt er sich mit Jesus an, zu dem ich gehöre.

Unterstellt euch Gott und widersetzt euch dem Teufel. Dann muss er von euch fliehen.
Jakobus 4,7 (Hoffnung für alle)

Im Römerbrief, 6,9-11 heißt es:
Wir wissen ja, dass Christus von den Toten auferweckt worden ist und nie wieder sterben wird. Der Tod hat keine Macht mehr über ihn.
Mit seinem Tod hat Christus ein für alle Mal beglichen, was die Sünde fordern konnte. Jetzt aber lebt er, und er lebt für Gott.
Das gilt genauso für euch, und daran müsst ihr festhalten: Ihr seid tot für die Sünde und lebt nun für Gott, der euch durch Jesus Christus das neue Leben gegeben hat.
(Hoffnung für alle)

Zu dem zu gehören, der den Tod und das Böse überwunden hat und Seinen Sieg für sich selbst in Anspruch nehmen zu dürfen, ist so ein unfassbar großes Geschenk!

Warum ich hier mit Bibelversen „um mich werfe?", denkt sich vielleicht der ein oder andere, der damit nicht vertraut ist.
Nein, ich bin nicht mit ihnen groß geworden. Es ist kein blinder Mechanismus. Ich wünschte, ich hätte die entscheidenden Verse schon als Kind auswendig gewusst.
Und nein, ich bin in der Zwischenzeit auch nicht „religiös" geworden.

Aber:
Diese Verse und das, was sie aussagen, sind schlichtweg *das Einzige*, was funktioniert hat. Das Einzige.
Deshalb glaube ich an sie.

Liebe Leserin, lieber Leser, der vielleicht mit der Bibel noch nicht vertraut ist: Wenn du in Not bist und nichts hilft, rufe den Namen „Jesus Christus" aus.
Mach dir bewusst, wer Er ist und zu wem du gehörst oder gehören kannst, wenn du es möchtest.
Wenn du ihn rufst, wird Er kommen. Diese Zusage kommt nicht von mir, sie steht in Seinem Wort:

Und jeder, der den Namen des Herrn anruft, wird gerettet werden.
Joel 3,5 (Neues Leben. Die Bibel)

Der Name Jesus Christus ist die Notfallnummer, die ganz oben in deinem Handy gespeichert sein sollte.

Wer sein Leben liebt, wird es verlieren

Wie mag es dir wohl mit dieser Aussage der Überschrift gehen?
Ich weiß es nicht.
Vielleicht kennst du sie. Vielleicht verstehst du sie intuitiv. Vielleicht
sträubt sich aber auch alles in dir dagegen und du fragst dich: Was
gibt es bitte Kostbareres als das eigene Leben?!

Im Johannesevangelium 12,25 heißt es:
*Wer sein Leben liebt, verliert es; und wer sein Leben in dieser Welt
hasst, wird es zum ewigen Leben bewahren.*
(Schlachter)

Bevor du dich möglicherweise an dem Wort „hassen" reibst und alles
in dir schreit: „Ich habe Jahre gekämpft, mich selbst und mein Leben
endlich nicht mehr zu hassen, sondern es anzunehmen", vielleicht
sogar nach einer Phase von Depression und Lebensmüdigkeit, lies
bitte weiter:

Was hier mit „hassen" übersetzt wird, bedeutet im Hebräischen
zweierlei, nämlich „an zweite Stelle setzen" oder eben auch
„hassen". Mit der Bedeutung „an zweite Stelle setzen" ergibt,
zumindest für mich, diese Bibelstelle mehr Sinn.

In der „Hoffnung für alle" Übersetzung heißt es:
*Wer an seinem Leben festhält, wird es verlieren. Wer aber sein Leben
in dieser Welt loslässt, wird es für alle Ewigkeit gewinnen.*

Und in der „Einheitsübersetzung":
*Wer sein Leben liebt, verliert es; wer aber sein Leben in dieser Welt
geringachtet, wird es bewahren bis ins ewige Leben.*

Zudem darf man annehmen, dass Jesus hier auch das Stilmittel einer Hyperbel benutzte, also eine Übertreibung, um seine Aussage zu bekräftigen.

Als ich diese Stelle zum ersten Mal bewusst wahrnahm, begann ich zu zittern. Ich las sie mehrere Male, um sicher zu gehen, sie richtig gelesen zu haben. Und doch wusste ich gleich beim ersten Mal, dass es keinen Zweifel gab.
Sie schlug ein wie ein Donnerschlag.
Plötzlich verstand ich mein Inneres auf eine Art, wie es mir die Psychologie und sogar Tiefenpsychologie nie hatten erklären können.

Immer wieder hatte ich mit der Frage gelebt, woher dieser unabdingbare Wille in mir kam, an Etwas und Jemand in mir festzuhalten, das ich nicht einmal beschreiben, geschweige denn benennen konnte. Was mich dazu veranlasste, schlimmste körperliche und seelische Qualen in Kauf zu nehmen und über mich ergehen zu lassen, ohne diesen Jemand jemals loszulassen. Folter bis an die Grenze zum Tod und darüber hinaus waren der Preis.

Warum macht man sowas?
Erklärungen, die man mir gab und die ich über die Jahre recherchierte, waren psychologische Mechanismen wie Trotz, Widerstand, Überlebenstrieb, Lebenswille usw.
Ja, das spielte sicher auch alles eine Rolle, aber es kratzte nur an der Oberfläche.
Wer war dieser Jemand, den ich auch „das Licht" nannte?

Ich konnte Ihn nie benennen. Aber eines war klar: Er war so unfassbar wertvoll, dass kein Preis dafür zu gering war. Nicht einmal der des Lebens.

Rückblickend hatte ich zwar in all den Jahren und Jahrzehnten nie an der Richtigkeit meiner Entscheidung für dieses „Licht" gezweifelt, mich jedoch immer wieder gefragt, was denn eigentlich dahinterstand.

Warum empfinden Menschen so?
Warum achten sie ihr Leben gering im Angesicht einer für sie wertvollen Sache?

Mit Beispielen wie zum Beispiel Selbstmordattentätern konnte ich mich nicht identifizieren, denn als Kind war ich keinem Gehirnwäscheprogramm unterzogen worden, was mir religiöse Ideale hätte indoktrinieren können. Dazu kam, dass ich für meine innere Haltung keine Worte hatte.
Am ehesten konnte ich mich als Kind in dieser Sache mit Bildern von Märtyrern identifizieren, die mir bei Kirchenbesuchen auffielen und deren Geschichte meine Mutter mir erklärte.
Heute berühren mich die Erzählungen verfolgter Christen sehr. Im Gegensatz zu mir als Kind und Jugendliche können sie jedoch klar in Worte fassen, warum sie die Qual in Kauf nehmen: Für ihren Glauben an Jesus Christus.
Ich konnte das nicht, weil mir die Worte und der Bezug fehlten. Klar war mir nur, dass es dieses „Licht" in mir zu bewahren galt. Um jeden Preis. Um jeden.

Eines stand immer fest:
Welchen Wert hätte mein Leben gehabt, wenn ich eingeknickt und zum Wunschbild des Bösen, das durch meinen Vater wirkte, geworden wäre? Mir wäre zwar der Kampf um Leben und Tod erspart geblieben, aber zu welchem Preis?

Zum Preis des Verlustes des wahren Lebens, der Verbindung zu Ihm. Dieser Preis war definitiv zu hoch.

Die Bibel sagt:

Niemand kann zwei Herren gleichzeitig dienen. Wer dem einen richtig dienen will, wird sich um die Wünsche des anderen nicht kümmern können. Er wird sich für den einen einsetzen und den anderen vernachlässigen. Auch ihr könnt nicht gleichzeitig für Gott und das Geld leben.
Matthäus 6,24 (Hoffnung für alle)

Die Verbindung zu Gott und die eigene Seele zu schützen, hat ihren Preis. Manchmal einen sehr hohen, aber nie einen, der zu hoch ist.

Was hat ein Mensch denn davon, wenn ihm die ganze Welt zufällt, er selbst dabei aber seine Seele verliert? Er kann sie ja nicht wieder zurückkaufen!
Markus 8, 36-37 (Hoffnung für alle)

Oder mit der „Neues Leben. Die Bibel" Übersetzung:
Was nützt es einem Menschen, wenn er die ganze Welt gewinnt, dabei aber seine Seele verliert?
Gibt es etwas Wertvolleres als die Seele?

Gibt es etwas Wertvolleres als die Seele?

Könnte es sein, dass es da einen Schatz gibt, den, wenn wir ihn entdecken, als so wertvoll erachten, dass er jeden Preis wert ist? Und was wäre, wenn dieser Schatz das Himmelreich selbst wäre und der, der es erschaffen hat?

Die Bibel sagt dazu:
Gottes himmlisches Reich ist wie ein verborgener Schatz, den ein Mann in einem Acker entdeckte und wieder vergrub. In seiner Freude

verkaufte er sein gesamtes Hab und Gut und kaufte dafür den Acker mit dem Schatz.
Matthäus 13,44 (Hoffnung für alle)

Und auch hier:

Mit Gottes himmlischem Reich ist es auch wie mit einem Kaufmann, der auf der Suche nach kostbaren Perlen war.
Als er eine von unschätzbarem Wert entdeckte, verkaufte er alles, was er hatte, und kaufte dafür die Perle.
Matthäus 13,45-46 (Hoffnung für alle)

Wir alle tragen diesen Schatz, diese wertvolle Perle in uns, die es wert ist, für sie alles loszulassen und zu opfern.
Sie ist das Allerheiligste aus dem einen Grund, weil Gott selbst hier Wohnung bezogen hat.

Wisst ihr nicht, dass ihr Gottes Tempel seid und der Geist Gottes in euch wohnt?
1. Korinther 3,16 (Einheitsübersetzung)

Es ist das Eine, was wir mitnehmen. Was uns niemand nehmen kann. Selbst der nicht, der uns die Luft zum Atmen und das Leben nimmt in der irrigen Hoffnung, uns damit in die Knie zwingen zu können.

Jesus sagt:
Habt keine Angst vor den Menschen, die zwar den Körper, aber nicht die Seele töten können! Fürchtet vielmehr Gott, der beide, Leib und Seele, dem ewigen Verderben in der Hölle ausliefern kann.
Matthäus 10,28 (Hoffnung für alle)

Egal in welcher Lebenssituation wir alle, ich und du, gerade sind, wie lange schon unterwegs mit Gott oder ganz neu auf dem Glaubensweg...

Es gilt immer wieder, sich diese Preisfrage zu stellen und die Frage zu beantworten: Wer kommt zuerst in meinem Leben?

Und: Was bin ich bereit, dafür aufzugeben und zu opfern?

Psalmen - das „effektivste Coaching Tool"

Halleluja! (Hebräisch: Gelobt sei Gott!)
Ja, es ist gut, unserem Gott Loblieder zu singen!
Ihn zu loben macht froh und ist wunderschön!
Psalm 147,1 (Neues Leben. Die Bibel)

Alles begann mit der Begegnung mit einer älteren Dame in der Sitzecke einer Bäckerei bei uns auf dem Land. Ich saß bei einem Kaffee an meinem Laptop und arbeitete. Ein paar Stühle weiter saß eine elegant gekleidete ältere Dame, die ebenfalls ihren Kaffee genoss und immer wieder mal interessiert zu mir rüber schaute.

„Was machen Sie da?", sprach sie mich neugierig an.
Ich erklärte ihr, dass ich an einem Newsletter für meine Community schrieb.
Die vielen Anglizismen in meinem Satz irritierten sie. Sie war, erklärte sie mir, Deutschlehrerin gewesen und achte sehr auf eine gute Sprachform.
Aufgeweckt wollte sie wissen, was ich genau schreibe, und so entwickelte sich ein Gespräch, in dem ich ihr von meiner Arbeit als Trauma-Therapeutin und Ausbilderin für Lifecoaches, pardon, auf deutsch: psychologische Berater, erzählte.
Sie fand das alles etwas seltsam.

„Für was braucht man denn bitte einen psychologischen Berater?", wollte sie wissen.
Ich schaute sie mit Sicherheit genauso fassungslos an wie sie mich. War die Frage ernst gemeint?
Nun ja, dachte ich, sie ist eine ganz andere Generation als ich, da gab es noch keine Berater, geschweige denn Coaches. Man ging höchstens zum Psychologen, wenn es richtig brannte, sprich, man "verrückt" war. Das Ganze hatte einen sehr üblen Beigeschmack. Ein Grund, wie ich damals in meinen Ausbildungen vermittelte, warum

man Menschen und Klienten immer auch ermutigen und darin bestätigen müsse, sich Hilfe zu holen und dass das ein Zeichen von Intelligenz und guter Selbstfürsorge sei und eben kein Zeichen von Schwäche.

Geduldig versuchte ich, ihr die Idee von Beratung näher zu bringen. Sie bemühte sich, meinen Ausführungen zu folgen, schüttelte aber immer wieder entschieden den Kopf.

„Das braucht doch kein Mensch!"
Ich: „Naja, ich selbst habe lange Jahre Unterstützung gebraucht und gebe sie jetzt anderen Menschen."
„Ich verstehe das schon", sagte sie mit einer wegwischenden Handbewegung, „aber ich würde das nie in Anspruch nehmen."

Ich dachte mir insgeheim, wenn das Leid zu groß ist, sagt man nicht mehr nein, sondern greift dankbar nach der Hand, die sich einem entgegen streckt.
Vielleicht lief es in ihrem Leben immer gut oder sie ist gut im Verdrängen, Kompensieren oder hat andere Coping Mechanismen (Mechanismen, mit Verletzung, Stress und Trauma umzugehen).

„Als vor vielen Jahren mein Mann starb, viel zu jung, da ging es mir sehr schlecht. Er war die Liebe meines Lebens, ich war plötzlich ganz allein mit meinen Kindern. Da habe ich jeden Tag die Bibel aufgemacht und Psalmen gelesen. Das hat mich getröstet und mir Kraft gegeben, alles zu meistern. Heute sind meine Kinder groß. Ich habe immer gearbeitet und ein schönes Leben gehabt. Wenn es mir schlecht geht, lese ich Psalmen."

Es lag eine besondere Kraft in ihren Worten. Etwas, was ich wie eine Autorität empfand.
Die große Klarheit einer bewusst gemachten Erfahrung.
Der funkelnde Diamant eines langen Schleifprozesses.

Etwas Besonderes umgab sie, das ich kannte.
Etwas Großes.
Heiliges.
Strahlendes.

Ich schwieg.

„Ihre Arbeit ist wohl sehr wichtig", meinte sie noch versöhnlich zu mir, bevor wir uns verabschiedeten, „die Menschen heute brauchen so etwas."

Die Begegnung mit ihr ging mir nicht mehr aus dem Kopf und sollte noch einmal sehr wichtig in meinem Leben werden.

Jesus, nimm alles von mir!

Jahre später nach der Begegnung aus dem vorangegangenen Kapitel wachte ich morgens in meinem Bett auf. Ich fühlte mich seltsam. Unwohl. Irgendwie haltlos. Verloren.

Was ist nur los mit mir?, dachte ich.
Ist es emotionale Überforderung? Alte Gefühle, sprich Gefühlsflashbacks? Gefühlsüberlagerung anderer Menschen, mit denen ich mich intensiv ausgetauscht hatte?

Mein langjährig geschultes und sturmerprobtes Therapeutengehirn arbeitete auf Hochtouren. In diesem Metier war ich zu Hause und über die Jahrzehnte persönlicher und beruflicher Auseinandersetzung damit auch gut darin geworden.
Ich ging in Kontakt zu meinem Inneren, dem sogenannten „inneren Kind", auch „Subpersönlichkeit" oder „jüngerer Persönlichkeitsanteil" genannt, und durchleuchtete die verschiedenen Bereiche meines Lebens von Arbeit, Beziehung, Freundschaften, Finanzen, Gesundheit, Themen der Vergangenheit.

Es gab zwar Baustellen, aber keine so großen, dass sie solch starke Gefühlsstürme rechtfertigten.
Sämtliche Tools und Übungen, Reflexionen und Innenschau, die mich über Jahrzehnte begleitet und nie ihre Wirkung verfehlt hatten, griffen und funktionierten diesmal nicht.

Ich schrieb Tagebuch, brachte meine Gedanken und Gefühle zu Papier und begann einen inneren Dialog.
Kaum Erleichterung.
Ich machte meine Körperübungen, Regulationsübungen, die bei gestressten, traumatisierten und entgleisten Nervensystemen Ruhe bringen.
Fehlanzeige.

Ratlos und auch ein gutes Stück hilflos ging ich in die Küche, um mir erst einmal einen Kaffee zu machen.

Ich sprach mit meinem Partner darüber. Er hatte Mühe zu verstehen, was ich meinte.

„Ich verstehe mich selbst nicht", erklärte ich ihm und raufte mir die Haare.

Dieses Szenario sollte sich wiederholen. Das Gefühl, das ich als innere Verlorenheit und Haltlosigkeit beschreiben kann, wurde stärker. Nach einigen Tagen begann es, mir etwas Angst zu machen.

Was war das?
Ich hatte eine kleine Krise. Ausgerechnet ich! Midlifecrisis?

Die letzte große Krise war schon Jahrzehnte her, das war mit Anfang zwanzig gewesen zu Beginn meiner Aufarbeitungszeit, als ich die Fassade meiner nach außen hin glücklichen und heilen Kindheit einriss und darunter Missbrauch, Folter und schwerstes Trauma sichtbar wurden.

Wer bin ich wirklich? war eine Frage, die ich mir damals immer wieder stellen musste. Die Schülerin mit dem super Abi aus der Waldorfschule oder die verletzte junge Frau, die wie durch ein Wunder eine Kindheit und Jugend schwerer sexualisierter Gewalt in ihrer Familie überlebt hatte?

Damals hatte es mir geholfen, mich mit meiner inneren Wahrheit zu identifizieren, ja zu sagen zu dem, was ich erlebt hatte und worüber ich fast zwei Jahrzehnte nie wirklich hatte sprechen können.

Zu bekennen, was meine durchlebte Realität gewesen war, brachte nicht nur innere Ruhe, sondern gab mir auch meine Kraft zurück und half mir, mein Ich, das durch so viel Leid geprägt worden war, anzunehmen und zu heilen.

Überlebenskämpferin zu sein, mir selbst zu vertrauen und zu helfen und später als Therapeutin anderen Menschen die Hand zu reichen, wurde zu meinem Lebensinhalt. Zu meinem Weg. Es war etwas, das mir Halt, Kraft und einen Rahmen gab, in dem ich mich sicher bewegen und Sinnvolles tun konnte.

Nun stand ich hier, Jahrzehnte später, morgens in der Küche und hatte das Gefühl, nicht mehr richtig zu wissen, wer ich bin.
Meine bisherigen Identitäten und Rollen funktionierten nicht mehr. Keine von ihnen.
Ich hatte sie nicht eingerissen, nicht weggesprengt, um zu einem tieferen Wesenskern in mir vorzudringen. Sie bröckelten einfach, rieselten und ließen mich in einer großen Staubwolke stehen, durch die ich nicht einmal mehr meine eigene Hand vor Augen sah.
Ich hatte kein erneutes Trauma erlebt, das mein Leben zerstört haben könnte, ich hatte nichts gemacht, was eine sinnvolle Erklärung für meinen Gemütszustand gewesen wäre.

Ich hatte nur eines getan:
Jesus direkt und namentlich in mein Leben eingeladen.
Und ich hatte ein Gebet gesprochen, das es in sich hat, das sogenannte „Bruder Klaus Gebet".

Mein Herr und Gott, nimm alles von mir, was mich hindert zu Dir.
Gib alles mir, was mich fördert zu Dir.
Nimm mich mir und mach mich ganz zu eigen Dir.
In Jesu Namen, Amen.

Nun hatte ich mit vielem gerechnet, nur nicht damit, dass erst einmal alles zusammenbrechen und ich durchs Feuer gehen würde, um geläutert zu werden. Dass ich verbrennen würde, damit das Alte, Ausgediente gehen konnte, um Raum für Neues, Wahrhaftiges, Besseres, ja Ewiges zu schaffen.

Es brannte. Ich brannte. Loderte. Wurde zu Asche. Immer wieder und wieder.

Mich da hineinzubegeben und zu vertrauen, dass alles gut und besser werden würde, war herausfordernd. Aber ich entschied mich, zu vertrauen und ließ los. Und ließ mich mitreißen von dem reißenden Strom, der im Grunde kein eigenmächtiges Denken oder Wollen mehr zuließ.

Rückblickend stehe ich da und schaue auf die Situation und wünschte, ich könnte mir von der Perspektive, in der ich heute lebe, Sicherheit und Mut zusprechen.
So aber blieb mir nichts anderes übrig, als hilflos und hoffend Gott zu vertrauen.
Lieb gemeinte Ratschläge, mir Hilfe bei einem Schamanen oder Geistheiler zu holen, lehnte ich heftig und fast aggressiv ab. Ich wusste, ohne überhaupt darüber nachdenken zu müssen, dass genau das nun überhaupt nicht mein Weg war und mich eher in Chaos als in Klarheit führen würde.

Eine Stimme, die ich aus Krisenmomenten meiner Jugend unter Folter und Vergewaltigung kannte, sprach liebevoll und gleichzeitig mit einer Autorität und Klarheit zu mir, die keinen Einwand zuließ. Beschreiben kann ich sie nur wie ein glühendes Schwert, vor dem man sich besser beugt. Ein Schwert, das von einer Hand unermesslicher Liebe und Güte geführt wird.

In dieser Zeit hatte ich angefangen, die Bibel zu lesen. Unterstützung dabei hatte ich mir durch eine einjährige online Bibelschule geholt, in der Bibelgrundwissen einfach und zugleich anschaulich vermittelt wurde.
Teil der Bibelschule war es, jeden Tag einige Abschnitte in der Bibel zu lesen, was manchmal spannender und manchmal mühsam war.
Um mir das Lesen zu versüßen, las ich parallel zum Alten Testament

immer auch ein paar Psalmen oder Sprüche. Oft trafen sie direkt ins Schwarze, so dass ich verwundert zur Kenntnis nahm, mit welcher Präzision sie in mein Leben sprachen.

An einem Morgen, noch im Bett sitzend, stellte ich fest, dass es ruhig in mir geworden war. Der Sturm hatte sich gelegt.

Was war passiert?
Der Druck, die leise Angst und Haltlosigkeit, die empfundene „Identitätslosigkeit" waren dahin.
Ich suchte mein Inneres akribisch ab.
Weg! Alles!
Konnte das sein?

Und: Ich begann natürlich sofort zu analysieren: Was hatte dazu geführt? Welche innere Bewegung, welche Übung, was war es gewesen?

Das Fazit:
Ich hatte seit über einer Stunde in der Bibel gelesen, hauptsächlich in den Psalmen. Sie berührten mich sehr, sprachen mir zutiefst aus der Seele und zugleich in diese hinein. Vieles von dem Gelesenen verstand ich nicht oder nur bedingt. Aber ich empfand etwas beim Lesen, das ich nur mit „Ruhe" und „Frieden" beschreiben kann.

War das möglich?
Ich dachte an die ältere Dame beim Bäcker. Sollte sie Recht behalten?

Plötzlich verstand ich sie!

Ich nahm mir vor, öfter bei diesem Bäcker vorbeizufahren in der Hoffnung, ihr noch einmal zu begegnen. Was dann auch geschah.

Viele der Psalmen, besonders die von König David, spiegeln menschliche Nöte und schwierige bis lebensbedrohliche Situationen wider, in denen Menschen (oft David selbst) in großer Not ihr Leid zu Gott bringen, klagen und wüten, heulen und schreien. Menschen, die voller Verzweiflung, Rache, Mordlust und Hilflosigkeit sind und immer wieder eines erleben:
Die Zuflucht bei einem starken, liebenden Gott, der Hilfe verspricht, Halt gibt und Ruhe schenkt. Einem Gott, der neue Kraft in den müden Gliedern weckt und den Menschen auf- und ausrichtet. Auf sich, Gott selbst.

Der Blick geht weg vom eigenen und hin zu Ihm.

Und die Seele kommt in diesem Prozess zur Ruhe. Sie kommt nach Hause. Sie ruht an Seinem Herz. Sie badet in Seiner Liebe.
Spürbar. Erlebbar. Ganz real.

Und sie weiß plötzlich, weil sie sich erinnert, wer sie wirklich ist:
Ein Geschöpf, ein Kind Gottes.

Die Wahrheit, die im Geiste immer da war, senkt sich auf die Seele und durchflutet sie mit der einzigen wahren Identität. Einer Identität, die immer bleibt und ewig ist.
Die Bibel nennt dies Kindschaft oder Sohnschaft (wobei hier auch wir Frauen gemeint sind). Eine Identität, die alle anderen Rollen des Lebens, die zu Identitäten wurden, überstrahlt, sei es die Rolle der liebenden Mutter, des treuen Ehemanns, der erfolgreichen Geschäftsfrau, des kernigen Sportlers usw.
Die eine wahre Identität hält alles zusammen und bleibt bestehen, wenn lebensbedingt Rollen gehen, Aufgaben vollendet sind und neue Lebensabschnitte völlig andere innere und äußere Haltungen verlangen.
Insofern kann ich mit einem Augenzwinkern sagen, dass die Psalmen – auch wenn sie natürlich kein „Werkzeug" sind, sondern göttlich

inspirierte Texte – das mit Abstand „beste Coaching Tool der Welt" sind.

Probiere es doch einmal aus!

Psalm 62,2-9
Nur bei Gott komme ich zur Ruhe;
geduldig warte ich auf seine Hilfe.
Nur er ist ein schützender Fels und eine sichere Burg.

Er steht mir bei, und niemand kann mich zu Fall bringen.

Wie lange noch wollt ihr euch alle über einen hermachen und ihm den letzten Stoß versetzen wie einer Wand, die sich schon bedrohlich neigt, oder einer Mauer, die bereits einstürzt?

Ja, sie unternehmen alles, um meinen guten Namen in den Dreck zu ziehen. Es macht ihnen Freude, Lügen über mich zu verbreiten. Wenn sie mit mir reden, sprechen sie Segenswünsche aus, doch im Herzen verfluchen sie mich.

Nur bei Gott komme ich zur Ruhe;
er allein gibt mir Hoffnung.
Nur er ist ein schützender Fels und eine sichere Burg. Er steht mir bei, und niemand kann mich zu Fall bringen.

Gott rettet mich, er steht für meine Ehre ein.
Er schützt mich wie ein starker Fels,
bei ihm bin ich geborgen.

Ihr Menschen, vertraut ihm jederzeit und schüttet euer Herz bei ihm aus! Gott ist unsere Zuflucht.
(Hoffnung für alle)

Wer Gott vertraut, ist selbst im Tod noch geborgen

Wer sich von Gott lossagt, kommt durch seine eigene Bosheit um.
Wer Gott vertraut, ist selbst im Tod noch geborgen.
Sprüche 14,32 (Hoffnung für alle)

Ich weiß nicht, was dieser Satz mit dir macht.
Ich weiß noch nicht mal, was er mit mir macht, denn je nachdem, wo ich mich gerade innerlich befinde, löst er ganz verschiedene Gefühle aus. Jedes Mal, wenn ich ihn lese, muss ich neu schauen.

Meiner Beobachtung nach unterteilt sich die Reaktion der meisten Menschen oft in zwei extreme Lager:

Da gibt es die, die sagen, einfach keine Angst vor dem Tod zu haben.
Ich glaube ihnen das, denn ich kenne diesen Ort.
Ich war schon mal drüben und weiß, was mich erwartet. Es gibt nichts Schöneres, als dort bei Ihm zu sein.

Und dann gibt es die, die Angst vor dem Tod haben, sicherlich aus den verschiedensten Gründen. Vielleicht kennen sie Gott nicht, vielleicht denken sie an die Hölle, vielleicht ist der Schmerz des Abschieds von dieser Welt so groß... und sicherlich viele, viele, viele Gründe mehr.

Wir wissen, dass Sterben furchtbar sein und Angst und sogar Todesangst verursachen kann. Man denkt dabei vielleicht an schmerzhaftes Dahinsiechen unter Krankheit oder an Folter und qualvolle Schmerzen, die einen ohnmächtig werden lassen.
Wer von uns würde auf die unsensible und abscheuliche Idee kommen, einem Menschen, der (vielleicht aufgrund seines Glaubens) in einem dreckigen Gefängnis sitzt, irgendwo auf dieser Welt und unter Gewalterfahrungen auf seinen Tod wartet, leichtfertig

zu sagen: „Entspanne dich, alles ist gut, du bist auch noch im Tod bei Gott geborgen".

Ich glaube, es ist von großer Wichtigkeit, zuerst und ganz besonders auf den leidenden Menschen zu schauen und sich nicht aus Angst vor dem, was wir dort sehen, fluchtartig in geistige Wahrheiten zu erheben. Wie oft habe ich das beobachtet. Und wie verletzend ist das gegenüber dem leidenden Menschen, der um Antworten ringt. Dabei liegt die wahre Schwäche eher bei dem, der nicht einmal den Anblick des Leids erträgt als dem Leidenden selbst.

Auch das kenne ich, diese Überforderung, wenn ich Geschichten von verfolgten Geschwistern und ihr Leid lese. Trotz meiner eigenen Geschichte und meiner jahrzehntelangen Arbeit als Trauma-Therapeutin komme ich immer wieder an den Punkt, dass ich es nicht aushalte und ein Buch zumachen muss.

Es erfordert also große, sogar größte Achtsamkeit, wenn es darum geht, sich diesem Thema zu nähern.

Ich selbst bin in einem Umfeld groß geworden, in dem geistige Wahrheiten oft im Vordergrund standen, das menschliche Leid aber verdrängt wurde. Ähnliche Erfahrungen machen viele Menschen.

Der Geist fliegt davon, die leidende Seele, ganz zu schweigen vom verletzten Körper, bleibt zurück. Der Mensch reagiert automatisch mit Abspaltung, Dissoziation, Verdrängung des Erlebten, seiner Gefühle, der Schmerzen seines Körpers.

Das kann es definitiv nicht sein. Das kann vor allem Gott nicht gemeint haben, als Er Salomo, den Verfasser der Sprüche, inspirierte, diesen Vers zu schreiben.

Wir wissen natürlich nicht, was Salomo im Geist vor Augen hatte, als er sagte:

„Wer sich von Gott lossagt, kommt durch seine eigene Bosheit um. Wer Gott vertraut, ist selbst im Tod noch geborgen."

Vielleicht wollte er zum Ausdruck bringen, dass Gott sich dem gnädig erweist, auch im Tode, der Ihm vertraut.

Kann man Gnade erfahren, wenn man größte Schmerzen, welcher Art auch immer, erleidet?
Und, lass uns Extreme nehmen: Kann man Gottes Gnade erleben, während man stirbt, friedlich im Bett während des Schlafes, im Auto bei einem Unfall, im Bett während einer Vergewaltigung mit Strangulation, abends im Fernsehsessel, irgendwo in einem entlegenen Berggebiet Kolumbiens durch Kopfschuss eines Guerillas aufgrund deines Glaubens?

Ich weiß, manche dieser Beispiele mögen schockieren, gerade uns, die wir überhaupt Zeit haben, ein Buch zu lesen oder Hörbuch zu hören und im Warmen sitzen.
Aber mal ehrlich, haben wir noch Zeit für Oberflächlichkeit? Haben wir nicht alle bereits genug davon gehabt?

Zum Glück ist diese Zusage Gottes wahr, auch dann, wenn wir sie uns kaum vorstellen können. Denn ja, es macht einen großen, ja himmelweiten Unterschied, ob man mit Gott oder ohne ihn stirbt. Ob Er an deiner Seite ist oder du „von Gott und allen guten Geistern verlassen" einsam dahinscheidest oder im Todeskampf irgendwann kapitulieren musst.

Gott ist immer da. Er kann gar nicht anders. Insofern kann man gar nicht ohne Seine Gegenwart sterben.
Die Verse 1-13 aus Psalm 139 führen das anschaulich vor Augen:

Ein Lied von David. HERR, du durchschaust mich, du kennst mich durch und durch.

Ob ich sitze oder stehe – du weißt es, aus der Ferne erkennst du, was ich denke.
Ob ich gehe oder liege – du siehst mich, mein ganzes Leben ist dir vertraut.
Schon bevor ich anfange zu reden, weißt du, was ich sagen will.
Von allen Seiten umgibst du mich und hältst deine schützende Hand über mir.
Dass du mich so genau kennst, übersteigt meinen Verstand; es ist mir zu hoch, ich kann es nicht begreifen!
Wie könnte ich mich dir entziehen; wohin könnte ich fliehen, ohne dass du mich siehst?
Stiege ich in den Himmel hinauf – du bist da! Wollte ich mich im Totenreich verbergen – auch dort bist du!
Eilte ich dorthin, wo die Sonne aufgeht, oder versteckte ich mich im äußersten Westen, wo sie untergeht,
dann würdest du auch dort mich führen und nicht mehr loslassen.
Wünschte ich mir: »Völlige Dunkelheit soll mich umhüllen, das Licht um mich her soll zur Nacht werden!« –
für dich ist auch das Dunkel nicht finster; die Nacht scheint so hell wie der Tag und die Finsternis so strahlend wie das Licht.
(Hoffnung für alle)

Gott ist immer da, aber man kann versäumen, Seine Gegenwart wahrzunehmen.

Aus meiner Trauma-Arbeit weiß ich von vielen Menschen, die sagen: „Ich bin gläubig, ich habe die Hölle (meist in Form sexualisierter Gewalt) erlebt, aber Gott war nie anwesend." Sie fühlen sich doppelt gestraft, zum einen aufgrund des Erlittenen und zum anderen aufgrund ihrer „Unfähigkeit", Ihn wahrzunehmen. „Ich kämpfte um mein Leben und hatte nicht noch Kraft für anderes. Jetzt bin ich auch noch ein Versager!"

Auch ich kenne solche Gedanken.

Und doch ist Er da gewesen, ist Er da und wird immer da sein.

Körperliche und seelische Schmerzen können so stark sein, dass wir Gefahr laufen, sie über unsere Beziehung zu Gott zu stellen.
Wenn ich das sage, zeige ich nicht mit dem Finger auf dich oder andere, sondern spreche damit von mir und spreche dies in aller Liebe in eigene vergangene Situationen hinein, wo Folter mich fast wahnsinnig werden ließen vor Schmerzen und es außer diesen nichts anderes zu geben schien.

Und ich kenne Situationen, da ist der Schmerz so stark, die Ohnmacht so groß, dass die einzige Antwort auf den Horror nur noch Gott sein kann. Und wir Ihn sehen.

Rückblickend erkenne ich Ihn und Seine Gegenwart immer öfter in den Horrorszenarien und weiß, dass Er da war.
Mitunter stand Er direkt neben mir.

Im Erleben Seiner Gegenwart kam interessanterweise die Frage nach dem „Warum lässt du das zu?" nie auf. In Seiner Gegenwart ist vieles klar, ohne dass man Worte dafür findet oder es für den menschlichen Verstand befriedigend erklären könnte.
Ich glaube, das ist ein Teil der Geborgenheit, von der hier die Rede ist.

Die „Neus Leben. Die Bibel" Übersetzung sagt es so:
Der Gottlose geht an seinen Sünden zugrunde, die Gottesfürchtigen aber haben selbst im Tod noch eine Zuflucht.

Es ist diese Zuflucht, die Geborgenheit schenkt. Wärme, Gottesnähe, Trost und ja, so paradox es klingen mag, sogar Frieden.

Etliche Erzählungen von verfolgten Christen weltweit bestätigen das.

Meine und vielleicht auch deine Frage ist:

Wie sieht es mit den „vielen kleinen Toden" aus, die wir immer wieder mal sterben. Und, um noch weiterzugehen:
Wie sieht es mit den Alltagssituationen aus, die viel zu klein sind, als dass wir sie mit „Tod" beschreiben könnten, die aber nichtsdestotrotz unser Leben prägen? Ich meine Situationen wie Überforderung, weil jeder etwas von dir will und du das Gefühl hast, zu ersticken. Ich meine Situationen wie Stress, weil die Zeit einfach zu rasen scheint...
Alltag eben.

Wie oft versuchen wir, all das mit menschlichen Mitteln zu lösen. Und schauen nicht auf Gott.

Und wieder einmal steht und fällt alles mit unserer Gottesbeziehung. Und es stellt sich mir und vielleicht auch dir die Frage: Stelle ich diese Beziehung wirklich über alles?

Und kann ich das im Alltag üben?

Ich glaube, ich tue gut daran, meine Gottesbeziehung in ruhigen Zeiten zu stärken, bewusst in sie zu investieren und in Stürmen an ihr festzuhalten und sie zu vertiefen, um in den Orkanen und Tornados des Lebens nicht fortgerissen zu werden.
Vielleicht hast du einen ähnlichen Wunsch und Drang.

Gut zu wissen ist, dass selbst dann, wenn wir im Orkan fortgerissen werden sollten, Er uns nachgehen und uns wieder einsammeln wird. Denn Seine Gnade und Seine Liebe zu uns übertreffen bei weitem unsere ehrenwerten Bemühungen und unsere Liebe zu Ihm.

Da erzählte Jesus ihnen folgendes Gleichnis:
Stellt euch vor, einer von euch hätte hundert Schafe und eins davon geht verloren, was wird er tun? Lässt er nicht die neunundneunzig in der Steppe zurück, um das verlorene Schaf so lange zu suchen, bis er es gefunden hat?
Wenn er es dann findet, nimmt er es voller Freude auf seine Schultern und trägt es nach Hause. Dort angekommen ruft er seine Freunde und Nachbarn zusammen: ›Freut euch mit mir, ich habe mein verlorenes Schaf wiedergefunden!‹
Lukas 15,3-7 (Hoffnung für alle)

Das Hohe Lied

Gottes Liebe ist so anders...

Es ist vermessen auch nur anzunehmen, man könnte Gottes Liebe in ein Buch, geschweige denn ein Kapitel pressen.

Gottes Liebe ist so anders, als wir Menschen glauben, als ich geglaubt habe und sicherlich immer noch glaube.
Einfach zu gut, um wahr zu sein...
Vielleicht geht es dir ähnlich.

In unserer Gottesbeziehung zeigt sich viel von unseren Prägungen und das Wort „Projektion" bekommt noch eine ganz andere Bedeutung.
Wir projizieren, bewusst und unbewusst, die Erfahrungen mit unseren Eltern, Autoritäts- und Bezugspersonen der Kindheit und Jugend, auf Gott, der oftmals hinter diesen Fremdbildern als ferne, unnahbare, tyrannische, jähzornige, gefühlskalte, desinteressierte, emotional labile, übergriffige oder nicht anwesende Instanz auf Distanz bleibt.

Es lohnt sich, da einmal genauer hinzuschauen und Gott eine Chance zu geben, anders zu sein, als wir es in unserer (unbewussten) Verletzung erwarten.

Auch für mich war das ein Thema. Und auch wenn ich über Jahrzehnte hinweg den Großteil meiner Verletzungen bearbeiten konnte und als Folge davon wunderbare, heilsame und heilende Begegnungen mit Menschen erlebte, war in mir doch die leise Angst, mich einem allmächtigen Gott zu öffnen, latent präsent.
Wie ein subtiles, aber dadurch nicht weniger störendes Geräusch durchzog es meine Gottesbeziehung.

Eine christliche Bekannte, Heike, schickte mir ein von ihr liebevoll gestaltetes Büchlein über das „Hohe Lied" der Bibel. Das Hohe Lied beschreibt die Liebesbeziehung zweier Menschen, steht aber sinnbildlich unter anderem auch für Gottes Liebe zu seiner „Braut", also uns Menschen in Seiner Gemeinde.
Besonders vor letzterem Hintergrund blätterte ich häufig in dem Büchlein und ließ die Zeilen zu mir sprechen. Immer wieder hatte ich den Eindruck, Gott spräche über sie direkt zu mir.
Ich ließ mich durch sie berühren, herausfordern, „triggern" und immer wieder auch wärmen.

Gott war so anders, als ich in meiner Verletzung annahm.
Er ist niemand, der Grenzen überschreitet. Er holt sich nicht rücksichtslos, was er will. Er lädt ein. Er fordert nicht, sondern gibt.

Und – es platzte aus mir heraus aus einer uralten, verletzten seelischen Tiefe – Er macht mich nicht zum Opfer!
Ich war schockiert und erleichtert zugleich.

Ja, das war meine größte Angst: Von jemandem, den ich liebte, zum Opfer gemacht, in den Dreck getreten, ausgebeutet, zerstört, entehrt und zerbrochen liegen gelassen zu werden.

Ich hatte so lange gebraucht, aus dem Gefühl, ein Opfer zu sein, herauszuwachsen. Es hatte sich über all die Jahre meiner Kindheit und Jugend so tief in meine Seele gebrannt.

An diesem Tag im Hochsommer bei einem Spaziergang in der hellsten Sonne dämmerte mir in meiner größten Verletzung, dass Gott *anders* war. Dass Er mich nicht nur nicht zum Opfer machen wollte, sondern die Bürde des Opfers auf sich genommen hatte, um mich zu befreien.

Er machte sich zum Opfer, nicht mich.
Und war damit so anders als alles, was ich als Prägung erlebt hatte.

Vor ihm musste ich mich auch nicht in Acht nehmen, wie vor manchen Menschen, die sich korrekt verhalten, so lange man selbst fit ist, ihren wahren Kern aber in dem Moment zeigen, wo sie die Möglichkeit von Macht über einen bekommen und dies schamlos ausnutzen.

Jesus als Opferlamm. Das Opfer Gottes... Es bekam für mich eine neue und persönliche Bedeutung.
Ich meinte, einen Zipfel des Mysteriums greifen zu können, was am Kreuz von Golgatha geschehen ist. Ein klitzekleines bisschen von dem überaus großen Wunder der Erlösung.

Eines war klar:
Weil Jesus freiwillig zum Opfer geworden ist, und alle Last, Sünde und Schmerz getragen hatte, brauchte ich es nicht mehr tun. Ich konnte mein Opfersein ablegen, in aller Konsequenz.
Er wäre umsonst gestorben, wenn ich weiterhin meine Bürde tragen würde.

Und ich wusste bis in die letzte Faser meines Seins: Ich brauchte keine Angst vor Ihm zu haben! Er würde eher selbst zum Opfer werden, als mich zum Opfer zu machen.

Wenn du einen Blick in das Büchlein von Heike werfen möchtest, kannst du es hier tun:
www.heim-kommen.de

Brautstrauß

Ein Freitagvormittag.
Ich erledige den Einkauf fürs Wochenende und bemerke aus den Augenwinkeln, als ich den Einkaufswagen zurückbringe, dass ein Restpostengeschäft neue Pflanzenware bekommen hat, die in großen Rollwagen vor dem Geschäft steht.
Es zieht mich stark dorthin, nur mal gucken.

Die neuen Gartenpflanzen sind wunderschön, ganz besonders die Rosen. Buschrosen, in den Farben, wie ich sie liebe, ein strahlendes Weiß und kräftiges Rosa.
Ich überlege, ob ich eine mitnehme. Immerhin habe ich mehrere Hochbeete zu bepflanzen, die Teil meines kleinen „Klostergartens" sind.

Eine Stimme in mir sagt: Nimm mehr! Etwas zögerlich fülle ich den Einkaufswagen. Es soll schön werden! Es geht um den Sitzplatz inmitten der Beete, an dem ich viel sitzen, lesen und beten werde. Und Gott begegnen.

„Für Gott geben wir nur das Beste" muss ich an die Worte von Johannes Hartl denken, der in einem Vortrag erwähnte, dass sie für die Einrichtung des Gebetshauses in Augsburg nur das Allerbeste und Schönste zu Ehren Gottes gekauft hatten.
Das will ich auch. Das Allerbeste für Ihn.

Mit einem Wagen voller Rosen gehe ich zum Auto zurück.
Später auf dem Weg nach Hause erfüllt ein zarter Rosenduft die Luft.

Plötzlich muss ich weinen...
Mir wird klar, dass diese Rosen mein Brautstrauß sind. Ein Geschenk an meinen Liebsten.

Wenn wir Gott beschenken, beschenkt Er uns um ein Mehrfaches. Seine Liebe erfüllt mich, und ich weine vor Dankbarkeit. Dankbarkeit, dass ich immer wieder bei Ihm sein darf. Für Seine Liebe und Präsenz. Dafür, dass Er mich sieht. Und dass er mich so sehr liebt.

Ich gehöre meinem Liebsten und sein Herz sehnt sich nach mir.
Hohelied 7,11 (Hoffnung für alle)

Lass mich deinem Herzen nahe sein, so wie der Siegelring auf Deiner Brust. Ich will einzigartig für dich bleiben, so wie der Siegelreif um deinen Arm.
Unüberwindlich wie der Tod, so ist die Liebe und ihre Leidenschaft so unentrinnbar die das Totenreich! Wen die Liebe erfasst hat, der kennt ihr Feuer: Sie ist eine Flamme des Herrn!
Hohelied 8,6 (Hoffnung für alle)

Das Hohelied ist ein Buch im Alten Testament. Es beinhaltet Lieder, die von der Liebe eines Königs zu einer jungen Frau berichten. Dem jungen Salomo wird die Verfasserschaft zugeschrieben, bevor er selbst von seiner Leidenschaft für Frauen (er hatte siebenhundert Frauen und dreihundert Nebenfrauen) beherrscht wurde.

Es gibt verschiedene Ebenen, diese Beziehung zu deuten. Sie beschreibt

- die Liebe zweier Menschen
- die Liebe Gottes zu Seinem Volk Israel

Und sie steht sinnbildlich für

- Jesus und seine „Braut".

In der Bibel wird die Gemeinde (die Kirche) als die „Braut" Christi bezeichnet. Dieser Begriff schließt auch die Männer mit ein.

In diesem Bild kann man auch die persönliche Beziehung zu Jesus, unserem Gott, widergespiegelt finden. Frauen fällt das aufgrund der Rollenverteilung im Buch an dieser Stelle wohl leichter als Männern.

Vielleicht ist der nachfolgende Satz schon zu abgedroschen, vielleicht klingt er auch zu befremdlich, um ihn an sich heranzulassen, oder er ist zu schön, um wahr zu sein!
Vielleicht darf er aber auch jetzt dein Herz berühren. Nicht allein durch Worte, sondern durch den, der sie zu dir spricht, dir zuflüstert, ganz leise im Herzen:

„Ich liebe dich... Ich kenne dich durch und durch, mehr als du dich selbst je kennen wirst. Ich bin dir nahe, näher als dein Atem und dein Herzschlag. Und ich bin für dich, ich stehe hinter dir und vor dir, neben dir und bin um dich herum. Und ich bin für dich. *Für dich.*
Meine Liebe zu dir ist von Dauer. Ja, sie endet nicht einmal mit dem Tod, sondern geht weit, weit über diesen hinaus. Bis in alle Ewigkeit."

(in Anlehnung an 1.Johannes 4,10, 1.Könige 8,39 und Psalm 139,1-2)

Sterben, um zu leben

Dieses Prinzip begegnet mir immer wieder in meinem Leben und ist kein angenehmer, aber umso treuerer Begleiter. Vielleicht geht es dir ähnlich.

Amen, ich versichere euch: Das Weizenkorn muss in die Erde fallen und sterben, sonst bleibt es allein. Aber wenn es stirbt, bringt es viel Frucht.
Johannes 12,24 (Gute Nachricht Bibel)

Diesen Vers und seine Wahrheit empfinde ich im rein menschlichen Verständnis manchmal schwer annehmbar. Er tut weh.
Ich denke dabei an Situationen, wenn ein Mensch stirbt, ein Projekt vorbei ist, man etwas Liebgewonnenes loslassen muss... kurzum, an die größeren, großen und auch kleineren Alltags- und Lebenstode, die wir immer wieder erleben. Die wir sterben.

Der Tod kommt, auch wenn wir noch so positiv denken und den Fokus auf das Gute, Helle und Schöne richten, *vor* der Auferstehung. Da irrt jeder gewaltig, der anderes verkündet.

Tode wollen nicht nur gedacht und von weitem betrachtet und verstanden werden. Sie wollen *gelebt*, *erlebt* und *durchlebt* werden. In einer Zeit und Gesellschaft, wo vieles filter-gepimpt ist und immer in schönsten Farben strahlen muss, finde ich es wichtig, dies zu erwähnen: Es tut manchmal einfach weh. Punkt.

Den Tod kannte ich gut. Er war mir so oft begegnet in den unzähligen qualvollen Momenten und Grenzerfahrungen, die ich in meiner Jugend durchleben musste. Einzelheiten möchte ich hier nicht teilen, ich spreche aber offen darüber in meinem Buch „Geboren, um zu sterben, gestorben, um zu leben".

Vielleicht nur so viel: Es macht, verständlicherweise, etwas mit einem, wenn man von jemandem bewusst und mit klarer Intention immer wieder an die Todesgrenze geführt wird. Jemand, der sich gottgleich fühlt und das Gefühl genießt, Herr über Leben und Tod eines anderen zu sein. Es hinterlässt Spuren, die auch die beste Therapie und intensivste Arbeit an sich selbst nicht wegwischen können und vielleicht auch nicht wegwischen sollen.

Das Böse hat mich durch die Person meines Vaters immer wieder angegriffen und sich an meinen Todeskämpfen – Kämpfe ums Leben finde ich ehrlich gesagt passender – erfreut. Er oder es tankte sich auf an meiner Lebenskraft und nährte sich an meiner Panik und Todesangst. Zu schauen, wann ich brechen würde, war sein Ziel, denn nach dem Bruch würde er vollständig übernehmen können.
Gott hat mich davor bewahrt zu zerbrechen und mir die Kraft gegeben, Vergewaltigung, Schmerzen, Erstickungsspiele und Demütigungen zu ertragen.

Machtlosigkeit, Ohnmacht, Ausgeliefertsein sind Zustände und Gefühle, die sich bearbeiten und verändern lassen.
Bei dem Wunsch zu sterben, kommt irgendwann eine andere Dimension mit ins Spiel, bei der auch Trauma-Therapien oft an den Rand des Möglichen kommen und Coachingtools in der Regel machtlos in die Knie gehen.

Das Böse hatte auch nach Jahrzehnten der intensiven inneren Arbeit noch einen Zugang zu mir, den es immer wieder mal nutzte: Den leisen Wunsch, gehen zu dürfen. Nach Hause zu dürfen. Zu sterben. Um Missverständnissen vorzubeugen: Es handelte sich – Gott sei Dank – zu keiner Zeit um suizidale Gedanken oder Gefühlswelten, sondern um eine tiefe Sehnsucht, gehen zu dürfen, die interessanterweise viele Menschen mit Nahtoderlebnis empfinden. Die Welt „da drüben" ist einfach so anders, so viel leichter, heller, liebevoller... Der Kontrast zum Hier so groß.

Es ist ein feiner, aber gravierender Unterschied, Sehnsucht nach Gott zu haben oder sterben zu wollen, um bei Ihm zu sein. Das war mir immer bewusst.

In meiner Nahtoderfahrung hatte ich mich ganz klar dazu entschieden, zurück ins Leben zu gehen, auch wenn das weiterhin Schmerzen und Vergewaltigung bedeutete, weil ich hatte sehen dürfen, dass es von immenser Wichtigkeit sein würde, diesen Weg auf der Erde zu gehen.

Mit dieser Entscheidung rang ich später zwar nicht, ich wusste, dass es richtig gewesen war, wohl aber tauchten immer mal wieder leise Gedanken auf, die mir sagten: „Es wäre schon schön, endlich gehen zu dürfen."

Sie waren verzweifelte Schreie und traurige Rufe meines Inneren, das sich in der Alltäglichkeit, Normalität und Oberflächlichkeit der Welt oft nicht zurechtfand und zutiefst einsam fühlte.

Andere Menschen mit ähnlicher Thematik lösten dieses Gefühl immer wieder aus und verstärkten es. Es fühlte sich an wie eine offene Wunde, an der Fliegen sitzen und die nicht wirklich heilen kann.

Mal waren die Angriffe stärker, dann wieder traten sie gänzlich in den Hintergrund.

Eines ist klar:

Je weiter wir gehen, je mehr wir an uns arbeiten und je präsenter Jesus in unserem Leben wird, desto mehr drücken auch kleine Steine im Schuh. Steine, die man vorher vielleicht nicht bemerkt hatte, weil man vor Schmerzen nicht einmal gehen konnte.

Jesus ist das Licht der Welt. Je mehr es in uns strahlt, desto mehr stören alte Steine, die in Seinem Licht gehen dürfen und müssen.

Es war an einem Samstagmorgen im Frühsommer.

Ich hatte ein YouTube Live gemacht zum Thema Trauma-Heilung, und eigentlich war alles gut, bis kurz danach diese Welle an Traurigkeit

und Hilflosigkeit kam. Ich fühlte mich angegriffen, schwach und ohne Autorität.
Das Spannende war, dass es rein äußerlich keinen Grund dafür gab. Diese Welle kam von woanders her.

Ich betete und bat um Befreiung und Schutz, aber es wurde immer dunkler und drückender. Vor Verzweiflung und Ohnmacht brüllte ich in meinem Arbeitszimmer, so dass meine Hunde erschrocken den Raum verließen. Ich schrie gegen etwas an, was sich nicht greifen ließ und mir das Gefühl tiefer Autoritätslosigkeit gab.

Einen Tag vorher, am Freitagabend, war ich bei einer sogenannten „Jesus Night" gewesen, in der es Worship (Anbetungsmusik) und eine Predigt gab. Es ging um Tod und Auferstehung, um das Leben mit Jesus. Ein Satz aus der Predigt sprach direkt zu mir, so, als ob sie mit einem gelben Highlighter unterstrichen worden wäre:

Heiligt euch! Denn morgen wird der HERR in eurer Mitte Wunder tun.
Josua 3,5 (Elberfelder)

Ich wusste, dass Gott hier direkt zu mir sprach, zu der verletzten jungen Frau in mir, die sich so nach Leben sehnte und an der irgendwie immer wieder Reste eines alten Kokons klebten, die den Schmetterling daran hinderten, voll und ganz seine Flügel auszubreiten.
Schnell suchte ich die Bibelstelle in meiner Bibel App heraus und speicherte den Vers.
Vor dem Schlafengehen betete ich darum, dieses Wunder erleben zu dürfen und offen dafür zu sein. Denn: Wunder passieren täglich, und wir sehen sie nicht, weil wir in eine andere Richtung schauen und unsere Hände und unser Geist voll mit anderen Dingen sind.

In Zuge dieser Predigt fragte der Leiter, ob es im Raum Menschen gäbe, die gerade nicht so glücklich und erfüllt wären, wie es eigentlich möglich wäre, und lud die Menschen ein, aufzustehen, damit für sie gebetet werden könne.

Ich stand auf. Eine Frau trat zu mir, Karin, und legte ihre Hände auf die meinen, die ich über mein Herz gelegt hatte. Ich wünschte mir Öffnung, Weite, Freiheit in meinem Herzen, einmal mehr. Ich bat um ein starkes Herz, das beständig und voller Kraft schlägt, um weiter gehen und mich öffnen zu können. Kraft, um zu fliegen...

Sie betete für mich und mir wurde ganz heiß, es glühte in mir, ein Feuer, das die Verkrustungen um mein Herz verbrannte und wegfraß, es freilegte und befreite. Leichtigkeit machte sich in mir breit, und gleichzeitig ahnte ich, dass dies nicht ohne Folgen bleiben würde.

Gebet im Namen Jesu ist das Kraftvollste, was es gibt.
Es kann nicht ohne Folgen bleiben!
Bittet, und es wird euch gegeben werden; sucht, und ihr werdet finden; klopft an, und es wird euch geöffnet werden!
Matthäus 7,7 (Elberfelder)

Eigentlich hätte ich es wissen können, zumindest erahnen, dass der Feind natürlich kein Interesse daran haben würde, dass ich dieses Wunder erlebte! Und dass er voller Panik, mich noch ein Stück mehr zu verlieren, alle Hebel in Bewegung setzte und mich angriff.
Denn, so sagt Jesus in Johannes 10,10:

Ein Dieb will rauben, morden und zerstören. Ich aber bin gekommen, um ihnen das Leben in ganzer Fülle zu schenken.
(Neues Leben. Die Bibel)

Auch in dieser Situation verließ der Dieb, das Böse, nicht kampflos das Feld, das er in Begriff war, es für immer abgeben zu müssen.

Mit schmerzendem Herzen und heiserer Stimme fuhr ich los zu dem christlichen Seminar, das die Fortsetzung der Jesus Night war, nicht ohne mich zuvor um meine Hunde gekümmert zu haben, die in der Zwischenzeit den Raum wieder betreten hatten. Als ich dort ankam, wurde bereits Worship gesungen und Gott angebetet. Still stellte ich mich an den Rand und brach in Tränen aus. Es waren bittere Tränen voller Traurigkeit und Schmerz. In mir sagte die Stimme der jungen Frau von früher: Gott, bitte hole mich heim. Ich schaffe das hier nicht... bitte hole mich nach Hause...

Mir war klar, dass das kein „gutes" Gebet war und aus einem verletzten Persönlichkeitsanteil meiner Vergangenheit kam.
„Jesus, bitte hol mich nach Hause..." Es war mir ernst.

Genau in diesem Moment spürte ich eine liebevolle Hand auf meiner Schulter, und die sanfte Stimme von Karin sagte: „Schön, dass du da bist". Genau in diesem Moment.

Es war wie ein Wunder. Und zugleich war es etwas, das schon einige Male passiert war: In dem Moment, wo ich innerlich schrie, schickte Gott mir direkt und unvermittelt einen Menschen, der sich von Gott gebrauchen ließ und dem inneren Impuls, zu mir zu gehen, folgte.

Aus meinem Herzen flossen Trauer, Schmerz, Einsamkeit, Machtlosigkeit, Verlorenheit und Todessehnsucht... Eine bittere Mischung.
Karin stand neben mir und betete, sanft und gleichzeitig mit großer Autorität. Ich spürte, dass Jesus durch sie sprach und fühlte mich sicher. Menschen, die sich von Gott leiten lassen, sind so ein Geschenk.

Ich hatte den Eindruck, dass mein Herz eine einzige, offene Wunde war, rohes Fleisch, das heilen wollte.

Sie sprach mir immer wieder zu, dass Jesus in mir sei, direkt neben mir und um mich herum. Dass ich sicher sei in Ihm und Er mich liebe.

Dies sind Worte, die beim Lesen vielleicht leer klingen mögen. Wie nette christliche Phrasen und Floskeln. Ich hoffe so sehr, dass sie für dich, liebe Leserin, lieber Leser, lebendig werden, während du sie hier liest und du zumindest einen Hauch von dem erhaschen kannst, was sie in Wahrheit bedeuten können – für uns alle, auch für dich.

In der Kaffeepause erzählte ich Karin in wenigen Sätzen, was passiert war und wie ich mich fühlte. Sie sagte gar nicht viel dazu, wofür ich ihr sehr dankbar war, sondern fragte, ob ich eigentlich getauft sei. In dem Moment wusste ich, dass die Taufe für mich anstand. Nicht irgendwann einmal im Jordan in Israel, wie geplant, wenn der Nahostkonflikt und die familiäre Situation eine Reise zuließen, sondern jetzt. Hier und heute.

Ich war zwar als Kind getauft worden, hatte damals aber noch nicht die Tragweite der Entscheidung verstehen können.
Das eigene Leben Jesus noch einmal bewusst zu geben, mit Ihm in der Taufe zu sterben und in ihm aus dem Wasser wieder aufzuerstehen, hat eine ganz besondere Kraft.

Denn als ihr getauft wurdet, wurdet ihr mit Christus begraben. Und ihr wurdet mit ihm zu neuem Leben auferweckt, weil ihr auf die mächtige Kraft Gottes vertraut habt, der Christus von den Toten auferweckt hat.
Kolosser 2,12 (Neues Leben. Die Bibel)

Wir sterben in unserem alten Menschen.
Und stehen auf in Christus.
Taufe ist vor allem auch eines: Eine Entscheidung.

Und: Entscheidungen haben Kraft. Sie sind machtvoll. Keiner kann in der Endkonsequenz für einen anderen entscheiden.

In meiner Taufe entschied ich mich zu leben, in Ihm und mit Ihm. Die Hintertür, die es in meinem Leben gegeben hatte und über die ich mich hätte wegschleichen können, ließ ich zufallen.
Mein altes Ich, mein alter Mensch starb und mit ihm die offenen Wunden, an die der Feind immer wieder hatte andocken können.
Ein neues Leben begann in dem Moment, wo ich aus dem Wasser wieder auftauchte und hochgehoben wurde, wo Christus in mir auferstand, einmal mehr.
Da war es wieder und einmal mehr, das Licht von „drüben", von „zu Hause" – im Hier und Jetzt.

Gehört also jemand zu Christus, dann ist er ein neuer Mensch. Was vorher war, ist vergangen, etwas völlig Neues hat begonnen.
2. Korinther 5,17 (Hoffnung für alle)

Das Böse muss fliehen, wo Licht und Klarheit herrschen. Es läuft schreiend davon, wo es sein Anrecht verloren hat.

Unterstellt euch Gott und widersetzt euch dem Teufel. Dann muss er von euch fliehen.
Jakobus 4,7 (Hoffnung für alle)

Wir können das Böse nicht besiegen. Aber wir können uns eins machen mit dem, der es bereits besiegt hat, Jesus Christus.

Im 1. Timotheusbrief 1,10 heißt es über Jesus:
Er hat dem Tod die Macht genommen und das unvergängliche Leben ans Licht gebracht.
(Hoffnung für alle)

Die Niederlage des Bösen wird auch im Hebräerbrief 2,14 beschrieben:

Da Gottes Kinder Menschen aus Fleisch und Blut sind, wurde auch Jesus als Mensch geboren. Denn nur so konnte er durch seinen Tod die Macht des Teufels brechen, der Macht über den Tod hatte.
(Neues Leben. Die Bibel)

Wenn wir zu ihm gehören – und die Taufe besiegelt das – stehen wir unter Seinem Schutz. Wir gehören zu Ihm.
Wenn der Feind uns angreift und wir in Christus sind, kämpft Er für uns. Er hat – und das kann man sich gar nicht oft genug vor Augen führen und bewusst machen – den Tod, den Teufel, das Böse am Kreuz besiegt, die Schlacht gewonnen und uns freigekauft.
In diesem Bewusstsein sind wir frei.

Ich entschied mich, ganz in Christus zu leben.
Und eine neue Kraft floss durch mich.
„Zieht euch warm an", dachte ich in der nächsten Zeit häufig. Ich habe mich entschieden. Die Hintertür ist zu.

Es veränderte sich einiges danach in meinem Leben. Eine neue Autorität und Stärke breiteten sich in mir aus: Seine Autorität und Seine Stärke.

Darum lebe nicht mehr ich, sondern Christus lebt in mir! Mein vergängliches Leben auf dieser Erde lebe ich im Glauben an Jesus Christus, den Sohn Gottes, der mich geliebt und sein Leben für mich gegeben hat.
Galater 2,20 (Hoffnung für alle)

„Du gehst da nicht allein runter", hatte Er zu mir in der Nahtoderfahrung gesagt". Diese Worte wurden einmal mehr zur Realität.

Als Jesus getauft wurde, öffnete sich der Himmel über ihm und eine weiße Taube kam auf Ihn herab. In Markus 1,11 heißt es:

Gleichzeitig sprach eine Stimme vom Himmel: »Du bist mein geliebter Sohn, über den ich mich von Herzen freue.«
(Hoffnung für alle)

In Christus sind wir alles Gottes geliebte Kinder. Wir sitzen mit Christus zur Rechten des Vaters und dürfen an Seiner Macht und Seinem Erbe teilhaben.

Doch von nun an wird der Menschensohn an der rechten Seite des allmächtigen Gottes sitzen.«
Lukas 22,69 (Hoffnung für alle)

Als seine Kinder aber sind wir – gemeinsam mit Christus – auch seine Erben.
Römer 8,17 (Hoffnung für alle)

Auch du bist sein geliebter Sohn, seine geliebte Tochter mit allen Rechten und Privilegien, die damit einher gehen.
Auch und gerade du.

Das Leben Jesus in die Hände zu geben, ganz bewusst, und zu bekennen, dass Er über allem steht, legt einen Schalter in unserem Leben um.

Etwas stirbt. Und etwas anderes steht auf und beginnt zu leben.

Wenn dein Herz sich nach diesem Schritt sehnt und deine ganze Seele nach Ihm schreit... wenn diese Worte hier dein Innerstes berühren oder aufwühlen, ist das vielleicht ein Ruf, den nächsten Schritt zu tun.
Jesus wird dir sagen, was es für dich ganz individuell bedeutet und sein kann.

Wenn du magst, bete mit mir:
Jesus, danke, dass Du mir zeigst, was mein nächster Schritt ist. Bitte ziehe mich noch näher zu Dir.
Danke, dass Du in meinem Herzen wohnst, dass Du der Herr in meinem Leben bist, jede Dunkelheit ausleuchtest und jeden Schritt mit mir gehst.

Danke, dass Du für mich gestorben und wieder auferstanden bist und ich durch Dich ewiges Leben habe.
Danke, dass Du bei mir bist, an jedem Tag, bei jedem Schritt, bis ans Ende aller Zeit.
Amen

Auf das Wort Gottes stellen – mal ganz praktisch!

Wenn du im kirchlichen oder biblischen Kontext unterwegs bist, kennst du vielleicht den Satz „sich auf das Wort Gottes stellen", was so viel heißt wie Zusagen aus der Bibel für sich in Anspruch zu nehmen und sich gewissermaßen geistig auf diese „zu stellen".

Bei diesen Bibelstellen kann es sich um Zusagen handeln wie zum Beispiel aus Psalm 91, wo Gott zu David und somit auch zu uns sagt:

„Weil er an mir hängt, will ich ihn retten. Ich will ihn schützen, denn er kennt meinen Namen".

Oder Psalm 23:
„Der Herr ist mein Hirte, mir wird nichts mangeln".

Wenn man sich nun auf das Wort „stellt", es also für sich in Anspruch nimmt, kann das so aussehen, dass man in einem Gespräch mit Gott sagt:

„Gott, Du sagst in Deinem Wort, dass Du den rettest, der an Dir hängt. Ich hänge an Dir! Ich klammere mich an Dich. Ich will von Dir gerettet werden. Ich vertraue auf Deine Rettung. Und, Gott, Du sagst weiter, dass Du denjenigen schützt, der Deinen Namen kennt. Ich kenne Dich sicherlich nicht in Ganzheit, aber ich kenne Dich in meinem Herzen. Ich habe eine Verbindung zu Dir dank Jesus. Ich bin mit Dir verbunden in und durch Ihn. Deshalb schützt Du mich, auch in dieser schwierigen Situation, in der ich mich gerade befinde..."

Oder anhand des Beispiels von Psalm 23:

„Herr, Du bist mein Hirte! Das steht in Psalm 23. Du bist mein Hirte, mein Versorger, derjenige, der sich um mich kümmert. Ich brauche mich nicht ängstlich umschauen, wer mich beraten und schützen wird, sondern ich weiß, dass Du dies alles verkörperst. Ich nehme für mich in Anspruch, dass Du mich mit allem Notwendigen versorgen wirst... Dass Du meine Situation kennst und ich in der Gewissheit leben darf, dass es mir an nichts fehlen wird!"

Auf diese Art und Weise werden Bibelstellen lebendig und bekommen einen engen Bezug zur eigenen aktuellen Lebenssituation. Gottes Nähe wird neu und intensiver als vielleicht je zuvor erlebbar.
Wir haben plötzlich etwas in der Hand: Die Bibel nennt es ein Schwert, mit dem wir kämpfen können. Kämpfen gegen das Böse, das sich in Form von Ängsten, Zweifeln, Sorgen, Nöten und kreisenden Gedanken unseres Inneren bemächtigen will.

Im Epheserbrief 6,17 heißt es:
Und nehmt das Wort Gottes. Es ist das Schwert, das euch sein Geist gibt.
(Hoffnung für alle)

Und der Hebräerbrief sagt (4,12):
Gottes Wort ist voller Leben und Kraft. Es ist schärfer als die Klinge eines beidseitig geschliffenen Schwertes.
(Hoffnung für alle)

Das Wort Gottes ist eine Waffe in unserer Hand, eine, die uns ganz praktisch durch den Alltag begleiten kann.

Im Studium erzählte neulich eine Mitstudierende in der Pause, dass neues Parkett in ihrer Wohnung verlegt worden wäre. Sie berichtete, wie sie die Gelegenheit genutzt hätte, die einzelnen Parkettteile von unten mit Bibelversen zu beschreiben, bevor es verlegt wurde. Mich inspirierte das sehr, als sie davon erzählte und mir war klar: Das mache ich auch!

Kurze Zeit später sollte auch in meinem Arbeits- und Schlafzimmer ein neuer Fußboden verlegt werden. Ein sechzehnjähriger junger Mann aus der Nachbarschaft half mir dabei. Während er dabei war, die einzelnen Laminatplatten zurecht zu schneiden, ging ich zu meinem Laptop und suchte Bibelstellen raus, die ich auf Papier ausdruckte.

Worship Musik lief im Haus und plötzlich liefen mir Tränen die Wangen runter. Es war ein heiliger, ganz besonderer Moment. Ich war dabei, diese Räume Gott zu weihen und mit Seinem Wort zu füllen. Sein Wort, auf dem ich schlafen würde – ganz praktisch, Sein Wort, auf dem ich sitzen würde, jedes Mal, wenn ich an meinem Schreibtisch arbeitete, Sein Wort, über das ich gehen und auf dem ich stehen würde beim Betreten und Verlassen der Räume.

Mit den ausgedruckten Versen ging ich nach oben und schob den ersten Zettel unter das bereits verlegte Laminat. Der junge Mann sah mich verständnislos an. Was ich da mache? Ich erklärte ihm, dass dies Bibelverse seien und sie gewissermaßen den Raum beschriften würden, ähnlich wie zum Beispiel der Schriftzug „Monster" die Dose eines Energydrinks kennzeichnete oder die drei Striche auf dieser...

„Ja, das weiß ich!", unterbrach er mich, „das ist die Zahl des Teufels."

„Genau, das ist die Zahl sechshundertsechsundsechzig auf hebräisch. Dreimal der Buchstabe Vav, der gleichzeitig auch die Zahl sechs darstellt. Wir nutzen hier das gleiche Prinzip, dass wir etwas gewissermaßen beschriften, nur tun wir es im Namen des Chefs der guten Seite."

Er verstand.

Etwas in der Atmosphäre im Raum hatte sich verändert. Es war heller geworden, lebendiger, leuchtender, wärmer.

Ich bat ihn, ein Video aufzunehmen, wie das Blatt mit dem Bibelvers unter das Parkett rutschte. „Für Instagram?!", grinste er.

Ich: „Genau!"

„An der Stelle steht später dein Bett, oder?"

„Ja, deshalb steht auf dem Blatt Psalm 91, der steht für Schutz. Den haben schon Soldaten in Kriegen gebetet."

Ich ging nach unten, um etwas zu trinken zu holen, während er weiterarbeitete und Bretter für eine kniffelige Ecke zuschnitt. Als ich den Raum betrat und die bereits verlegten Bretter sah, wurde ich stutzig. Sie waren „schief und krumm" zugesägt und keine Fußleiste dieser Welt würde das Malheur verdecken.
Ich wollte gerade etwas sagen, als mir eine Erinnerung meiner Kindheit hochkam. Eine Situation, in der mein Vater den Durchbruch eines neuen Fensters mauerte und den Rahmen einsetzte und ich mithelfen wollte. Ich war noch klein und hatte natürlich keine Ahnung, aber ich hätte einfach so gerne geholfen. Doch mein Vater, ein erstklassiger Architekt, hatte seine Maßstäbe an Ordentlichkeit und Professionalität, da hätte mein Mithelfen sicherlich die Optik komplett ruiniert.
Dennoch hätte ich so gerne zumindest einen Nagel eingeschlagen...
Mit blieb damals immerhin der Job des Werkzeughaltens.

Plötzlich hörte ich eine Stimme in mir, die unmissverständlich sagte: „Das ist dein Sohn." Ich verstand.
Es war nur ein Satz, doch ich wusste in diesem Moment genau, was er für mich bedeutete und dass es sich um eine geistige Wahrheit handelte, keine physische.

Ich habe keine lebenden leiblichen Kinder. Immer mal wieder werde ich darauf angesprochen, ob ich eigentlich traurig wäre, keine eigenen Kinder zu haben und dass meine Kinderlosigkeit doch bestimmt etwas mit „dem Trauma zu tun haben müsse".
Manchmal schließen Menschen die völlig falschen Rückschlüsse, setzen ihre eigenen Vorstellungen bei der Bewertung anderer an und können sich einfach nicht vorstellen, dass man sich in seiner Lebensplanung einfach auch anders und vielleicht konträr zu der ihren entscheidet.

Dass Gott einen Plan für jeden einzelnen – und in diesem Fall eben auch für mich – hat, der nicht nur perfekt, sondern sogar göttlich ist, bleibt da für viele außer Acht.

In diesem Moment fühlte ich mich so überaus reich beschenkt und geliebt, von Gott und von der Hilfe dieses jungen Mannes, der übrigens eine ganz wunderbare leibliche Mutter hat.

Auf geistiger Ebene war (und ist) Gott immer für mich da und versorgte mich mit Menschen, die zum Beispiel die Vater- und Mutterrolle für eine gewisse Zeit in meinem Leben übernahmen, als ich diesen Halt benötigte. Er führt mich in Situationen, in denen ich Neugeborenen und kleinen Kindern auf besondere Weise begegnen und für sie da sein darf. Und oft wird mir eine gewisse „geistige-Mutter-Rolle" in verschiedensten Beratungsgesprächen zuteil, in denen ich Menschen auf vielfältige Weise eine Stütze sein darf mit mütterlichem Charakter.

Mir war klar: Das krumm gesägte Stück Parkett bleibt! Es war ein Kleinod! Eine kostbare Erinnerung an diesen Moment, an die Großzügigkeit und Versorgung Gottes und an diesen jungen Menschen. Ich würde, das war mir sonnenklar, auf diesen Teil des Bodens immer mit einem Lächeln der Dankbarkeit schauen, und sollten neugierige Besucher nach dem „kleinen Desaster" fragen, einen guten Grund haben, ihnen von Gott zu erzählen.

Gott beschenkt uns auf so unerwartete Art und Weise. Immer wieder neu.
Ich bete dafür, dass ich, dass du, dass wir diese kostbaren Momente hinter dem Schleier unserer eigenen Konditionierung wahrnehmen und sie genießen und feiern als das, was sie sind:
Geschenke Gottes.

Gebet und Segen

Heute, nach einem Zahnkontrolltermin, ging ich in eine Bäckerei, um mir erstmal einen Kaffee zu holen, erleichtert, dass alles o.B., also „ohne Befund" war.
Ein Mann fiel mir ins Auge, der am Eingang die Obdachlosenzeitung „Hinz&Kunzt" verkaufte. Ohne Bargeld in der Tasche beschloss ich, ihm einfach einen Kaffee und ein Brötchen mitzubringen.
Als ich gerade meine Bestellung aufgeben wollte, steht der Mann hinter mir und ich frage ihn, ob ich seinen Kaffee bezahlen darf.
Seine Hand ist gebrochen und sein Körper von einem Sturz gezeichnet.
Zögerlich nimmt er die Einladung an und lässt sich überreden, doch auch noch ein belegtes Brötchen für später mitzunehmen.

Einem Impuls folgend frage ich ihn, ob ich für ihn beten darf. Als Einwanderer mit arabischem Hintergrund versteht er kaum Deutsch und somit das Wort beten nicht. Ich zeige nach oben und falte die Hände.

Während ich ein kurzes Gebet für ihn spreche, Gott für diesen wundervollen Menschen danke und Heilung über seine gebrochene Hand ausspreche, fängt er an zu zittern. Er hat Tränen in den Augen. Gott ist da. Spürbar.

Beten ist eine Waffe. Gegen Krankheit. Schmerz. Einsamkeit. Mangel.
Beten spricht Wahrheit in dein Leben.
Beten ist gelebte Verbindung zum Schöpfer.

Wenn wir für andere Menschen beten, werden wir immer auch selbst beschenkt.

- Sehen zu dürfen, wie Gott wirkt, ist ein Geschenk an sich.
- Die göttliche Wahrheit, die wir anderen zusprechen, berührt auch das eigene Leben.

- Gebet hat Kraft und stellt alles andere in den Schatten.

Als ich für den Obdachlosen beim Bäcker betete und meine Augen öffnete, blieb mein Blick an seinem T-Shirt hängen. Es zeigte einen weit geöffneten Mund und in verschlungenen Buchstaben stand: „In silence is the answer".

Nun mag diese Botschaft zwar besonders sein, muss einen aber nicht unbedingt vom Hocker hauen. Es sei denn, man beschäftigt sich seit Wochen mit diesem Thema. Ein paar Tage zuvor hatte ich darüber hinaus einen YouTube live Stream zu genau dieser Thematik gemacht: „Noise cancelling – wenn Stille spricht".

Es gibt „Zufälle", die gibt es gar nicht. Einfach deshalb, weil es keine Zufälle sind. Sondern Gottes Wirken.

Kämpfe gewinnen

In meinem Leben galt für viele Jahre der Satz:
„Ich habe alle Schlachten verloren, aber doch den Krieg gewonnen."

Als Kind und Jugendliche verlor ich jede Schlacht, wenn Missbrauch und Gewalt über mich hereinbrachen. Da war ich chancenlos.
Allerdings war es mir gelungen, meine Festung vor dem Feind zu bewahren, ganz davon abgesehen, dass Gott stets schützend Seine Hand über mich gehalten hatte. Meine Seele hatte das Böse nie kriegen können, so sehr diese Festung auch umkämpft gewesen war. Mein Herz hatte nie eingenommen werden können, weder mit Verführung noch durch Drohungen noch mit Gewalt. Denn es gehörte zum Glück schon lange jemand anderem.

Dann kam eine Zeit, in der ich erleben durfte, dass ich auch Schlachten gewinnen konnte, weil ich zu dem gehörte, der den Sieg aller Siege bereits errungen hatte.

Aber dennoch: Mitten im Leid triumphieren wir über all dies durch Christus, der uns so geliebt hat.
Römer 8,37 (Hoffnung für alle)

Zu allen Zeiten schloss man Bündnisse, die dazu da waren, beide Bündnispartner zu schützen, zum Beispiel zwischen zwei Königreichen. Wurde einer angegriffen, kam der andere zur Hilfe. Der Kampf des einen wurde plötzlich auch der Kampf des anderen.
Auch heute gibt es noch solche Bündnisse, wie beispielweise die NATO.

Im neuen Bund können Menschen „ja" zu einer Verbindung sagen, die sie zu Bündnispartnern des Schöpfers macht. Wenn man angegriffen wird, wird es auch Sache des „Chefs" bzw.

Bündnispartners. Man kann sich auf Seinen Namen berufen und mit Ihm den Angreifer und Feind in die Flucht schlagen.

Was für manch einen vielleicht wie ein theoretisches Gedankenkonstrukt klingen mag, hat Hand und Fuß und ist erlebbar, ganz praktisch im Alltag:

Es gab eine Zeit, da waren viele meiner Wochenenden im wahrsten Sinne ein Albtraum. Die Zeit der Woche, auf die sich die meisten von uns freuen, war für mich herausfordernd. Ich schlief oft schlecht, hatte tagsüber kaum Kraft und oftmals starke Kopf- und Gliederschmerzen.
An einem Gebetstreffen erzählte ich von der Schwierigkeit meiner Wochenenden, und fünf Frauen beteten für mich und mein Anliegen. Sie sprachen Schutz über mich aus, sprachen mir Kraft zu und erinnerten mich an meinen Bündnispartner.

Ein paar Tage später stand wieder ein Wochenende an.
Ich las zum Einschlafen noch etwas in der Bibel, dankte Gott für den Tag und bat um eine ruhige Nacht.
Diese Nacht war gezeichnet von verschiedenen Albträumen, fünf an der Zahl, von denen ich zwei hier teilen möchte:

Eine dunkle Gestalt in pechschwarzen Gewändern rannte auf mich zu. Sie hatte kein Gesicht. Ihr Ziel: Mich aufzusaugen, so dass ich nicht mehr frei existieren würde. Sie umklammerte mich, sog und zog an mir. Ich kämpfte mit aller Kraft gegen sie, war jedoch chancenlos. Sie fraß mich auf.
Dann plötzlich blitzte es in mir auf. „In Jesu Namen", schrie ich sie an „du bist besiegt in Jesu Namen!"
Sie ließ sofort von mir ab, sichtlich geschwächt, taumelte rückwärts und verschwand.
Eine Klarheit war in mir. Ich wusste, zu wem ich gehöre und wer mein Bündnispartner ist.

„In Jesu Namen bist du besiegt. Weg von mir!", schrie ich der Gestalt hinterher, die all ihre Macht verloren hatte.

Schweiß gebadet und zitternd wachte ich auf.

Im nächsten Traum stand ich im Flur eines Strandhäuschens. Wellen rollten heran. Immer näher und näher. Das Wasser drohte, in das Strandhaus zu laufen, und ich fand keine Materialien, den Eingang zu sichern.
Die Häuser neben mir hatten Barrikaden aufgebaut, an denen die Flut abprallen würde. Im Traum griff ich zum Handy, um Hilfe zu holen. Der gut gemeinte Rat, die Tür zu sichern, half mir nicht, auf die Schnelle fand ich weder Steine noch Bretter oder Sandsäcke. Die Flut kam mit jeder Welle immer näher. Bald würde das Haus volllaufen.

Während die Stimme im Telefon weiter sprach, warf ich das Handy weg und rannte auf das Wasser zu. Ich schrie: „In Jesu Namen weiche zurück!"
Die nächste Brandung kam ungehindert, und ich lief direkt in sie hinein, gewissermaßen ins „Verderben", während ich weiter rief: „Du musst weichen in Jesu Namen!"
Der Spuk war augenblicklich vorbei.

Darum hat ihn Gott erhöht und ihm den Namen gegeben, der über allen Namen steht.
Vor Jesus müssen einmal alle auf die Knie fallen: alle im Himmel, auf der Erde und im Totenreich.
Philipper 2,9-11 (Hoffnung für alle)

Als ich morgens aufwachte, dachte ich nur: „Wieder so eine Nacht!" und fühlte in meinen Körper hinein, in der Erwartung, dass er sich müde und erschöpft anfühlen würde.

Aber das Gegenteil war der Fall. Erstaunt nahm ich zur Kenntnis, dass ich mich frisch und stark fühlte.

Und dann dämmerte mir, dass es keine „Albtraumnacht" gewesen war, sondern eine Nacht des Sieges!

Eine neue Ära der Wochenenden hatte begonnen.

Der gute Hirte

Bei sexualisierter Gewalt geht es auf geistiger Ebene, meiner Erkenntnis nach, vor allem um eins:

Der Mensch, der zum Opfer gemacht wird, soll nicht nur zerstört, sondern aufgesaugt und seiner Identität, seiner Seele beraubt werden. Aus Sicht des Bösen wird er verstrickt in Netzen aus Schuld- und Schamgefühlen, bleibt oft lange oder sogar lebenslang in Angst und ein Opfer, das Trittbrettfahrer benutzen können. Der Mensch kämpft gegen sich selbst, gegen Krankheit und (Selbst)-Zerstörung oder wird schlimmstenfalls selbst zum Täter, durch den das Böse weiter agiert und seinen Wirkungsbereich ausweitet.

Unsere Kämpfe finden in der Regel auf drei Ebenen statt:

- Der physischen, körperlichen, sichtbaren Ebene
- der emotionalen, psychischen, seelischen Ebene

und der

- geistigen, spirituellen Ebene.

Alle drei Ebenen sind real.

Kämpfe auf der physischen Ebene sind meist am offensichtlichsten: Man wird angegriffen, verteidigt sich, gewinnt oder verliert. Man kann kämpfen lernen, ganz praktisch, durch das Erlernen einer Kampfsportart oder Selbstverteidigung. Kämpfen zu lernen ist wichtig, gut und empfehlenswert.

Die Gefahr besteht allerdings, dass aus der erlebten Ohnmacht eine Sucht nach Macht und Dominanz *über* andere wird und dass der Irrglaube sich breit macht, allein auf dieser Ebene die Kämpfe des Lebens gewinnen zu können.

Lässt man die psychische Ebene außen vor, wird man früher oder später Opfer seiner eigenen innerseelischen Mechanismen, Manipulationen und Programmierungen und trotz Kampferfahrung erneut und noch schmerzhafter zum Opfer.

Die Wettkampf-Arenen sind voll von Menschen, die allen Ernstes meinen, ein sportlicher Sieg würde das langersehnte Selbstbewusstsein bringen, das Gefühl von Identität und Dominanz schenken und ihre Probleme dauerhaft lösen.

Kämpfe auf der seelischen Ebene werden im Gedanken- und Gefühlsbereich ausgetragen und sind meist schwerer zu greifen als physische Auseinandersetzungen. Es geht um fremde und eigene Gefühle, die in einem um die Oberhand kämpfen und sich zeigen in Gefühlen wie Ablehnung und Liebe, Scham und Freiheit, Minderwert und Selbstbewusstsein usw.

Hier kommen innerseelische Mechanismen zum Tragen wie erlebte emotionale Grenzüberschreitung, Projektion der Gefühle anderer auf einen selbst und Introjektion, also das Verinnerlichen dieser Fremdenergien.

Mehr dazu gibt es in meinem Buch „Befreiungsschlag".

Die Gefahr, allein auf dieser Ebene den Kämpfen des Lebens begegnen zu wollen, liegt darin, sich in psychischen Gedankengebäuden zu verlaufen und zu glauben, weil man so vieles erkannt und verstanden hat, in Sicherheit zu sein, sprich, „gewonnen" zu haben.

Und last but not least kämpfen wir auf geistiger Ebene.

Diese Kämpfe sind oftmals am schwierigsten zu greifen, weil sie am feinstofflichsten sind.

Die geistige Ebene steht hinter oder auch über allen anderen Ebenen. In ihr ist die wahre Ursache für emotionale und physische Kämpfe überhaupt erst zu finden.

Die wenigsten Menschen kommen auf die Idee, auf dieser Ebene nach der Lösung ihrer Probleme zu suchen und sie mit einzubeziehen.
Und einige andere glauben, *allein* auf dieser Ebene und *nur* auf dieser Kämpfe gewinnen zu können, ohne sich mit der Erziehung und Heilung ihrer Seele oder physischen Themen auseinandersetzen zu müssen. Hier besteht die Gefahr geistiger Abgehobenheit, Abspaltung und Weltentfremdung.

Im Epheserbrief 6,12 in der Elberfelder Übersetzung der Bibel wird der Kampf auf der geistigen Ebene folgendermaßen beschrieben:

Denn unser Kampf ist nicht gegen Fleisch und Blut, sondern gegen die Gewalten, gegen die Mächte, gegen die Welt-Beherrscher dieser Finsternis, gegen die geistigen Mächte der Bosheit in der Himmelswelt.

Die „Hoffnung für alle" Übersetzung findet folgende, oft leichter zu verstehende Worte:

Denn wir kämpfen nicht gegen Menschen, sondern gegen Mächte und Gewalten des Bösen, die über diese gottlose Welt herrschen und im Unsichtbaren ihr unheilvolles Wesen treiben.

Die Bibel benennt hier klar, gegen wen wir kämpfen:
Gegen Gewalten und Mächte und Welt Beherrscher der Finsternis, gegen geistige Mächte und Bosheit in der geistigen Welt.

Und sie ist auch ganz klar darin zu benennen, wer die Welt noch beherrscht:
Die Finsternis. Das Böse.

Spirituelle Formate wie Schamanismus und Esoterik sind sich dieser Tatsache ebenfalls bewusst und kämpfen im Geistigen. Sie erzielen auch Erfolge, und Menschen geht es nach Anwendung ihrer Praktiken meist auch erst einmal besser.

Ihr großes Manko, was sie in der Endkonsequenz auch so gefährlich macht, ist jedoch die Tatsache, dass sie keine wirkliche Autorität besitzen. Sie begründen sich auf alte Traditionen und stützen sich auf Verbindungen mit geistigen Wesen und dringen damit in den geistigen Bereich vor. Hier erhalten sie Erkenntnisse und erzielen auch vorübergehend Siege und Durchbrüche.

Allerdings haben sie gegen das Böse keine wirkliche Handhabe, weil sie aus sich heraus nicht die Autorität besitzen, vor der das Böse in die Knie gehen muss.

In diesen Formaten verbirgt sich die *Hoffnung*, dass alles gut gehen möge, aber nicht die *Gewissheit*. Wenn das Böse dich ins Visier nimmt, weil du eine echte Bedrohung geworden bist, werden weder schamanisches Arbeiten, Yogapraxis, Meditation oder Räucherwerk usw. dich schützen und nach vorne bringen können. Sie sind Bündnispartner, denen die ultimative und einzig wirksame Macht und Autorität fehlen.

Vorübergehenden Erfolge geben den Menschen, die sie ausüben, Selbstbewusstsein und Kraft, aber den Formaten und somit denen, die an ihnen festhalten, fehlt die Einsicht, dass sie aus sich selbst heraus zu schwach sind, den Feind und Endgegner zu besiegen. Sie können ihn mitunter für einige Zeit in Schach halten, oft, indem sie Kompromisse eingehen, besiegen können sie ihn jedoch nicht.

Das Böse weiß das.

Der Feind wurde nur von einem besiegt.
Er zittert nur vor einem.
Er gehorcht auch nur einem.
Er beugt seine Knie auch wiederum nur vor einem.
Einem einzigen.

Es ist ratsam, diesen Einen, der wirklich etwas ausrichten kann, zum Bündnispartner zu haben und nicht auf vage Versprechen von zwielichtigen geistigen Wesen hereinzufallen, die irgendwann immer einen hohen Preis fordern: Den der Seele.

Jedes reine geistige Wesen wird immer nur eines tun: Auf Jesus Christus hinweisen.
Alle anderen versuchen, sich selbst zu verherrlichen und führen den suchenden Menschen schlussendlich in Verstrickung, Abhängigkeit und Seelentod.

Jesus hat die Macht des Bösen gebrochen und uns Menschen befreit:

Der Autor des Hebräerbriefes formuliert es so:

Da Gottes Kinder Menschen aus Fleisch und Blut sind, wurde auch Jesus als Mensch geboren. Denn nur so konnte er durch seinen Tod die Macht des Teufels brechen, der Macht über den Tod hatte.
Nur so konnte er die befreien, die ihr Leben lang Sklaven ihrer Angst vor dem Tod waren.
Hebräer 2,14-16 (Neues Leben. Die Bibel)

Jedes Knie muss sich vor Gott beugen:

In Jesaja 45,22-24 spricht Gott:

Kommt zu mir und lasst euch retten, ihr Menschen aus allen Winkeln der Erde! Denn ich bin der einzige Gott.
Ich habe bei meinem Namen geschworen, ich sage die Wahrheit und nehme mein Wort nicht zurück: Vor mir werden alle niederknien, und alle werden bekennen:

›Nur beim HERRN gibt es Rettung und Hilfe!‹ Auch die, die den Herrn einmal gehasst haben, werden beschämt zu ihm kommen.
(Hoffnung für alle)

Im Philipper Brief 2,6 heißt es über Jesus:

Obwohl er in jeder Hinsicht Gott gleich war, hielt er nicht selbstsüchtig daran fest, wie Gott zu sein.
Nein, er verzichtete darauf und wurde einem Sklaven gleich: Er wurde wie jeder andere Mensch geboren und war in allem ein Mensch wie wir.
Er erniedrigte sich selbst noch tiefer und war Gott gehorsam bis zum Tod, ja, bis zum schändlichen Tod am Kreuz.
Darum hat ihn Gott erhöht und ihm den Namen gegeben, der über allen Namen steht.
Vor Jesus müssen einmal alle auf die Knie fallen: alle im Himmel, auf der Erde und im Totenreich.
Und jeder ohne Ausnahme wird zur Ehre Gottes, des Vaters, bekennen: Jesus Christus ist der Herr!
(Hoffnung für alle)

Im Lukasevangelium 10,17 machen die 72 Jünger Jesu folgende Erfahrung und berichten Jesus:

Als die zweiundsiebzig Jünger zurückgekehrt waren, berichteten sie voller Freude: »Herr, sogar die Dämonen mussten uns gehorchen, wenn wir uns auf deinen Namen beriefen!
(Hoffnung für alle)

Wenn wir uns auf diese Bibelstellen und ihre Wahrheit berufen, haben wir in Jesus einen Bündnispartner, der souverän und unantastbar über allem steht. Er ist erhaben über alles, ganz besonders auch über das Böse.

In einer Zeit, bevor ich gelernt hatte, Bibelwissen praktisch für mich umzusetzen, bat ich eine Schamanin, mir in geistigen Kämpfen zu helfen. Ich wurde zu ihr geführt auf eine Weise, die mich ihr vertrauen ließ, beschrieben in meinem Buch „Into the Light". Ich vertraute in diesem Prozess auf den, den ich damals meinen großen Freund nannte, „den aus meiner Nahtoderfahrung", der immer da war. Und von dem ich heute weiß, dass es Jesus Christus ist.
Damals benutzte ich aber noch nicht diesen Namen. Er war einfach mein großer Freund, der keinen Namen brauchte, weil Er in meinem Erleben einfach größer war, als dass ein Name Ihn jemals würde beschreiben und Ihm gerecht werden können.

Ich bin esoterischen und spirituellen Themen gegenüber immer überaus vorsichtig gewesen. Zum Glück. Der Grund, warum ich mich für die schamanisch arbeitende Frau und ihre Arbeit öffnen konnte, war vor allem Seine Präsenz, die ich im Prozess immer wahrnehmen konnte.
Interessant ist, dass sie Ihn in ihrer geistigen Wahrnehmung immer sah. Wieder und wieder rief sie, voller Erstaunen und Freude zugleich: „Da ist ja wieder Jesus, der Christus!" und: „Immer, wenn ich mit dir arbeite, Ursula, ist Christus da!"

Rückblickend bin ich einfach nur unendlich dankbar, dass mein guter Hirte mich nie, nie, nie aus den Augen gelassen hat, sondern immer mit mir war, in jedem Moment. Und das unabhängig davon, ob ich ihn „richtig" ansprach.
Was offensichtlich zählte, war unsere Verbindung. Mein Herz, das immer nur Ihm gehörte.

Du kannst auf Ihn vertrauen. Voll und ganz.

Wenn du siegreich in deinem Leben sein willst, *musst* du sogar auf Ihn vertrauen!

Warum?
Definitiv *nicht* deshalb, weil ich oder irgendjemand anderes es sagen, sondern weil es in der Bibel steht.
Einmal im Bilde gesprochen: Wenn du die Möglichkeit hast, im Krankheitsfall von einem Chefarzt behandelt zu werden, würdest du dann zu einem Berufsanfänger gehen?
Jesus ist der Chef aller Chefs.

Wenn Du in einer wichtigen Sache – und dein Leben ist wichtig - die Möglichkeit hast, direkt mit dem Chef zu sprechen, würdest du dann das Gespräch mit der Sekretärin wählen?

„Berufsanfänger" und „Sekretärinnen", als Symbol verwendet und ohne diese Menschen in irgendeiner Form zu diskriminieren, können keinen „Chef" ersetzen, so sehr sie es vielleicht wollen, sich bemühen oder es einfach vorzugeben versuchen.

Darum hat ihn Gott erhöht und ihm den Namen gegeben, der über allen Namen steht.
Philipper 2,9 (Hoffnung für alle)

In der Offenbarung 17,14 wird Jesus als Lamm (im nachfolgenden Zitat mit „es" beschrieben) folgende Position zugesprochen:

Denn es ist der Herr über alle Herren, der König über alle Könige. Und mit ihm siegen alle, die von ihm berufen und auserwählt wurden und ihm treu sind.
(Hoffnung für alle)

Und weiter heißt es:

Auf seinem Gewand, an der Hüfte, stand der Name: König über alle
Könige! Herr über alle Herren!
Offenbarung 19,16 (Hoffnung für alle)

Jesus macht uns das Angebot eines Bündnisses. Die Tür zu Seinem Chefzimmer ist nicht nur offen für uns, für dich und mich, nein, Er macht sich sogar die Mühe, an unsere, an deine Tür zu kommen, um dort auf dich zu warten.

Jesus schloss mit Seinen Jüngern, zu denen auch wir gehören, beim Abendmahl vor Seiner Kreuzigung einen Neuen Bund:

Ebenso nahm er nach dem Essen den Becher mit Wein, reichte ihn
den Jüngern und sagte: »*Dieser Becher ist der neue Bund zwischen*
Gott und euch, der durch mein Blut besiegelt wird. Es wird zur
Vergebung eurer Sünden vergossen.
Lukas 22,20 (Hoffnung für alle)

Wir sind Teil dieses Neuen Bundes, dieser Bündnispartnerschaft.
Die Frage ist: Nehmen wir sie an?
Und gehen die nötigen Glaubensschritte?

Feindesliebe oder wie du den wahren Feind besiegst

Das Thema der Feindesliebe wird so oft missverstanden und führt immer wieder zu seelischen Nöten bei Menschen, die verletzt, traumatisiert und gedemütigt wurden.

Jesus sagt:
„Euch aber, die ihr mir wirklich zuhört, sage ich: Liebt eure Feinde und tut denen Gutes, die euch hassen.
Bittet Gott um seinen Segen für die Menschen, die euch Böses tun, und betet für alle, die euch beleidigen.“
Lukas 6,27-28 (Hoffnung für alle)

Dieser Vers kann die verschiedensten emotionalen Reaktionen auslösen. Eine, die mir oftmals (nicht zuletzt in der Arbeit als Trauma-Therapeutin) begegnet, ist die: „Wie um alles soll ich jetzt auch noch die Person, die mich zerstören wollte, lieben? Das ist doch Masochismus und Selbstverleugnung!“

Ja, so gesehen kann dieser Eindruck wirklich entstehen!
Die Frage ist, ob es wirklich darum geht, mit dem Täter/Missbraucher/Verursacher gut gelaunt einen Kaffee zu trinken und „Schwamm drüber“ zu zelebrieren oder „best friends“ mit dem Mörder deines geliebten Menschen zu werden – um bewusst extreme Beispiele zu nehmen.
Viele Filme und Berichte verknüpfen Vergebung und Feindesliebe sehr *direkt* mit *Versöhnung*, so dass hier vielfach ein Zerrbild entstanden ist. Zum einen rückt das ganze Thema dann für manch einen in nicht zu greifende Ferne, zum anderen werden auf rein menschlicher Ebene Probleme oft unter den Tisch gekehrt zu Gunsten einer Scheinharmonie, bei der meist der Betroffene, das Opfer draufzahlt.
Vergebung und Feindesliebe sind *nicht* das gleiche wie Versöhnung.
Vergebung ist eine <u>Sache zwischen dir und Gott</u>.

Versöhnung ist Sache zwischen einem selbst und dem Menschen, der einen verletzt hat.

Es lohnt sich, die letzten zwei Sätze noch einmal zu lesen.

Die Frage stellt sich also, ob mit Vergebung und Feindesliebe nicht vielmehr ein Weg gemeint ist, der einen wirklich und wahrhaftig befreit, und zwar von der Wurzel allen Übels und somit von dem, der direkt *hinter* allem Bösen steht. Der sich Menschen bemächtigt und sie benutzt, um gezielt Not, Leid und Horror zu erschaffen.

Wenn wir nun wissen, dass wir nach Epheser 6,12

„Denn wir kämpfen nicht gegen Menschen, sondern gegen Mächte und Gewalten des Bösen, die über diese gottlose Welt herrschen und im Unsichtbaren ihr unheilvolles Wesen treiben.“
(Hoffnung für alle)

nicht gegen Menschen kämpfen, sondern Mächte und Gewalten des Bösen, kann sich eine neue Sicht auf das Thema eröffnen.

Wenn wir den Menschen hassen, der uns Schlimmes und Schlimmstes angetan hat, ist das menschlich zutiefst verständlich. Viele Betroffene müssen oft erst einmal lernen, überhaupt wieder etwas zu fühlen. Da kann die Tatsache, Hass zu empfinden, ein Durchbruch sein, weil der Mensch aus seiner Schockstarre erwacht und seine Seele, sein Emotional-Körper ihm signalisiert: Hier ist eine Grenze überschritten worden!
Hassgefühle sind eine Warnlampe, die auf Ungerechtigkeit und Grenzüberschreitung im weitesten Sinne hinweist.

Hass hat viele verschiedene Gesichter und Facetten, positive wie negative, auf die ich hier nicht eingehen möchte.
Wer allerdings im Hass stecken bleibt, bleibt nicht nur in einer Emotion gefangen, sondern auch in einem seelischen Bereich, der ihn nicht weiterbringen, sondern letztendlich zerstören und verbittern lassen wird.

Auf geistiger Ebene tun wir mit Menschenhass dem Feind (im christlichen Jargon nutzt man dieses Wort für das Böse, den Teufel) einen großen Gefallen.
Warum?
Weil wir den Fokus komplett von ihm, also dem Bösen, nehmen und ihn ganz auf den Menschen, das ausführende Organ, richten.
Der Feind kommt ungeschoren davon.
Wenn wir auf der geistigen Ebene kämpfen wollen, müssen wir erkennen, wer der wahre Schuldige ist. Und das ist der Feind.

Um Missverständnissen vorzubeugen:
Das spricht den ausführenden Menschen *nicht* frei von Schuld, es setzt selbstverständlich *nicht* weltliche Gerichtsbarkeit außer Kraft und bedeutet auch *nicht*, dass man auf emotionaler Ebene durch Empfinden von Hass und Wut erlebte Grenzüberschreitung wahrnimmt und aus Übergriff und Depression in gesunde Selbstbestimmung und positive Aggression geht.

Es ist wichtig, hier klar zu *differenzieren*.
Die Bibel mahnt uns im Buch Jesaja 5,20 und fordert uns auf, bei der Wahrheit zu bleiben:

Wehe denen, die Böses gut und Gutes böse nennen, die Finsternis zu Licht und Licht zu Finsternis erklären, die Bitteres süß und Süßes bitter nennen!
(Schlachter 2000)

Die Bibel legt nahe, den Menschen zu lieben, da er ein Geschöpf Gottes ist, aber ihre bösen Taten und verwerflichen Lebensstil abzulehnen und sogar zu hassen.

Wenn wir unsere Feinde auf geistiger Ebene lieben, *helfen* wir diesen Menschen, zur Wahrheit zurückzufinden und sich gegen das Böse, das Besitz von ihnen ergriffen hat, zu stellen.

Vielmehr: Wenn dein Feind Hunger hat, gib ihm zu essen, wenn er Durst hat, gib ihm zu trinken; tust du das, dann sammelst du glühende Kohlen auf sein Haupt.
Römer 12,20 (Einheitsübersetzung)

Was hier mit „glühenden Kohlen" beschrieben wird, wird zum Beispiel in der „Neues Leben. Die Bibel" Übersetzung mit

...und er wird beschämt darüber sein, was er dir angetan hat.

übersetzt.

Wenn wir für unsere Feinde beten, eine Kerze für sie anzünden, sie im Gebet zu Gott bringen, entsteht ein heiliger Raum. Ein Raum, in dem Gott wirken kann. Ein Raum, in dem Wunder geschehen.

Es lohnt sich, das einmal (mehr) auszuprobieren.

Die Faszination des Bösen

Böses ist, das ist uns oft viel zu wenig bewusst, leider nicht nur böse, gemein, richtet Furchtbares an, ist zerstörerisch, hässlich und dunkel und vieles, vieles mehr. Das Böse ist leider auch verführerisch, verlockend, und es hat etwas Faszinierendes – das macht es umso gefährlicher.

Es geht eine Faszination von ihm aus. Eine gefährliche und böse, ohne Frage. Aber nichtsdestotrotz eine Faszination.

Menschen fühlen sich von der sogenannten „Macht des Bösen" oft magisch angezogen. Sie finden diese Macht „geil", was so viel wie „versessen darauf sein" bedeutet. Im Althochdeutschen würde man es mit „hochmütig und überheblich" übersetzen, was ein direkter Hinweis auf die Wurzel des Bösen gibt.

Die Bibel personifiziert das Böse und nennt es Satan, der ehemals Luzifer hieß und ein Engel des Lichts gewesen war, wunderschön anzusehen (faszinierend?) und dazu noch Leiter der Worship-Band in der Gegenwart Gottes war. Also ein „toller Typ" gewissermaßen, der von Gott reich beschenkt und ausgestattet worden war.
Sein Problem? Er wollte sein wie Gott. Das wurde zu seinem Verhängnis. Denn niemand kann sein wie der, der ihn und alles im Universum geschaffen hat.
Niemand ist wie Gott.

Die Bibel sagt dazu in Jesaja 14,12-16:
Wie bist du vom Himmel gefallen, du hell leuchtender Morgenstern!
Zu Boden wurdest du geschmettert, du Welteroberer!
Du hattest dir vorgenommen, immer höher hinauf bis zum Himmel zu steigen. Du dachtest: ›Hoch über Gottes Sternen will ich meinen Thron aufstellen. Auf dem Berg im äußersten Norden, wo die Götter sich versammeln, dort will ich meine Residenz errichten.

Hoch über die Wolken steige ich hinauf, dann bin ich dem höchsten Gott gleich!‹
Doch hinunter ins Totenreich wurdest du gestürzt, hinunter in die tiefsten Tiefen der Erde.
(Hoffnung für alle)

Es gibt eine gesunde und gute Hierarchie (griechisch für: Göttliche Ordnung), die das Weltgefüge in Harmonie hält. Wird diese gestört, kommt es zu Chaos, Verderben und eben zum Bösen.
Die Tatsache, dass wir in einer gefallenen Welt leben, die vom Bösen beherrscht wird, ist auf die Unordnung der ehemals göttlichen Hierarchie zurückzuführen, die durch Auflehnung und Rebellion gegen genau diese entstanden ist. Erst durch Luzifer, dann durch die ersten Menschen, Adam und Eva, die von eben diesem Rebellen zu Fall gebracht wurden (Sündenfall).

Jesus Christus, der vor der Schöpfung der Welt war und Zeuge des Sturzes Luzifers war, sagt in Lukas, 10,18:

Jesus antwortete: »Ich sah den Satan wie einen Blitz vom Himmel fallen.«
(Hoffnung für alle)

Niemand ist gerne allein. Auch der Teufel nicht. Obwohl er durch Jesus am Kreuz von Golgatha entmachtet wurde, versucht er, so viele Menschen wie möglich für sich und sein dunkles Reich zu gewinnen. Er lockt mit allerlei Versprechungen wie Macht, Erfolg, Schönheit, Geld, Einfluss und gewährt sie auch, zu einem hohen Preis. Den der Seele.

Die Bibel sagt über dem Teufel in Johannes 8,44:

Der war schon von Anfang an ein Mörder und stand nie auf der Seite der Wahrheit, denn sie ist ihm völlig fremd. Sein ganzes Wesen ist Lüge, er ist der Lügner schlechthin – ja, der Vater jeder Lüge.
(Hoffnung für alle)

Der Preis für seine Versprechungen: Die menschliche Seele, die ihre Verbindung zu Gott verliert, das Wertvollste überhaupt.

Warum geht nun eine Faszination vom Bösen aus?
Weil es so hässlich ist. So schockierend. So abgrundtief böse. Unfassbar. Und leider real.
Es beherrscht die zweifelhafte Kunst der Verführung, des Schmeichelns, des Lockens.
Es verspricht Macht, dort wo Menschen sich ohnmächtig fühlen.
Größe, dort wo sie klein gemacht wurden.
Bedeutung, wo sie am Rande der Gesellschaft oder des eigenen Lebens ihr Dasein fristen.
Schnellen Erfolg, wo Geduld für echtes Wachstum fehlt.

So wie Beutetiere wie hypnotisiert auf die Schlange schauen, tun Menschen dies auch, wenn sie den Blick einmal zu lange auf das Böse gerichtet halten.
Man wird zu dem, was man anschaut.
Das gilt im Guten wie im Bösen. Stellst du dir Jesus vor Augen, verwandelt Seine Präsenz dich Stück für Stück in Sein Ebenbild.
Starrst du auf das Böse, wird es dich ebenfalls verwandeln.

Das Böse nicht ernst zu nehmen, es leichtfertig zu verspotten oder als lächerlich abzutun, kann ebenso keine Lösung sein. Dafür ist es zu real. Im Judasbrief, 1,9 heißt es dazu:

Dabei hat es nicht einmal Michael, einer der mächtigsten Engel, gewagt, den Satan im Streit um den Körper von Mose zu verspotten. Er sagte nur: »Der Herr bestrafe dich.«
(Hoffnung für alle)

Es gibt Menschen, die starren auf die Verletzungen ihres Lebens in einer Faszination, die beängstigend ist. Heilung tritt nie ein, die Wunden bluten vor sich hin, und der Mensch wird immer schwächer und dunkler. Es gibt Menschen, die starren voller Gier auf das, was sie als ihren Traum bezeichnen, werden immer mehr von dieser Gier aufgesogen und scheuen irgendwann nicht, über Leichen zu gehen und sei es über die eigene Seele, die zur „Leiche" wird.
Die Faszination wird zur Sucht, die Sucht und ihre Befriedigung zum Selbstzweck. Der Blick ist starr und gebannt. Oftmals auf die Inhalte eines Bildschirms.
Eine Dynamik ergreift von dem Menschen Besitz, die ein Eigenleben annimmt und gegen die der Mensch sich immer weniger durchzusetzen weiß. Allein, sprich ohne die Kraft Gottes, entrinnt er dem, was zu einem wahrhaftigen Teufelskreis wird, nicht mehr.

Es ist eine Illusion zu glauben, dass der Mensch das Böse aus eigener Kraft endgültig bezwingen kann.
Es ist aber eine Tatsache, dass er in Jesu Namen und sich seiner wahren Identität als Kind/Geschöpf Gottes bewusst, Satan besiegt.
Wie gesagt: Nicht aus eigener Kraft, aber durch die Kraft desjenigen, der den Sieg bereits errungen hat.

Lukas 10:19-20

Ich habe euch die Vollmacht gegeben, auf Schlangen und Skorpione zu treten und die Gewalt des Feindes zu brechen. Nichts wird euch schaden.
(Hoffnung für alle)

Es gibt alte Darstellungen der Szene, in der Erzengel Michael Luzifer aus dem Himmel wirft und mit der Schlange oder dem Drachen kämpft. Auffällig an einigen dieser Darstellungen ist, dass Michael den Bösen nicht direkt anschaut, sondern sein Blick immer ein Stück zur Seite weicht.

Michael diskutiert auch nicht mit dem Bösen. Er überlässt es dem Gericht Gottes, wie wir im Judasbrief, 1,9 bereits gelesen haben:

Er sagte nur: »Der Herr bestrafe dich.«

Unsere Aufmerksamkeit ist kostbar. Wen (und was) wir anschauen, definiert ein gutes Stück weit auch immer, wer wir sind und sein werden.

Wir müssen uns immer wieder die eine Frage stellen, die fast zu banal klingt und doch so wichtig ist: Hat das Böse unsere Aufmerksamkeit verdient?

Wie viel schenken wir ihm von unserer kostbaren Zeit, Kraft und Hingabe?

Lassen wir zu, dass es uns einfängt mit seiner trügerischen Faszination und hinterhältigen Versprechungen?

Es ist gut zu wissen, wo der Aus-Knopf ist.

Blütenpracht im Keller

Auf meinem Handy gibt es eine Notiz, die die Überschrift „God speaking" trägt.
Inspiriert von dem Leiter eines Bibelkurses hatte ich vor einigen Jahren begonnen, hier täglich einzutragen, wo und wie Gott mir an diesem Tag begegnet ist.
Diese Notiz beinhaltet Fotos von solchen Begegnungsmomenten, kleine Geschichten, von denen auch einige in dieses Buch eingeflossen sind, sowie Bibelstellen, die Gott mir wie durch einen Textmarker hell hervorgehoben direkt ins Herz gesprochen hat.

Immer wieder füllen diese Notizen auch Erlebnisse anderer Menschen, die an mich herangetragen wurden und mich besonders berührten. Durch dieses tiefe Berührtsein habe ich immer wieder den Eindruck, Gott spricht auch durch sie zu mir. Ganz persönlich.

Mein Gebet ist, dass Er auch zu dir, liebe Leserin, lieber Leser, über die eine oder andere Zeile in diesem Buch spricht.

Eine Frau aus einem meiner Seminare schrieb folgende Worte in unsere Gruppe, die ich mit ihrer Erlaubnis hier teile:

„Die Tage bin ich im Keller über eine Pflanze gestolpert und war total überrascht: Im Dunklen und ohne Wasser ist sie gewachsen und zum Blühen gekommen! Es waren noch weitere Pflanzen dort, die auch schon Blätter ausgebildet hatten, ganz ohne Licht!
Habe sie in die Wohnung gebracht, dort können sie jetzt im Sonnenlicht und bei guter Pflege blühen."

Als ich diese Nachricht las, wusste ich: Dies ist so ein Moment! Hier spricht Gott zu mir. Das ist so eine Geschichte für die Notizen. Für meine Seele.

Neugierig wollte ich wissen, um was für eine Pflanze es sich da handelt. Es stellte sich heraus, dass es eine Amaryllis war, die mit großer Blüte in der Dunkelheit strahlte. Ein Foto zeigte ihre Schönheit.

Mir fiel dazu dieser Vers (20) aus Psalm 71 ein:

Not und Leid hast du zwar zugelassen
Doch du wirst mir das Leben neu schenken
Und mich auch aus der dunkelsten Tiefe wieder heraufholen.
Du wirst mich zu großen Ehren bringen und mich trösten.
(Neues Leben. Die Bibel)

Vielleicht hast du das Gefühl, in Phasen deines Lebens, schon immer oder gerade jetzt in diesem Moment, genauso eine Pflanze zu sein, die im Dunkeln und ohne Wasser ihr Leben fristen muss.
Ich kenne solche Phasen gut. Sie können sich sehr dunkel und einsam anfühlen, kalt und unfreundlich, während „da draußen" das volle Leben im Sonnenschein im Gange ist.

Mich ermutigt diese Pflanze, die in der Dunkelheit strahlt, für niemanden sichtbar und *doch* sichtbar für den Einen.

Sie erinnert mich an etwas in mir, eine tiefere Wahrheit: Es geht darum, Gott zu gefallen. Für Ihn zu blühen. Ihm zu danken für die eigene Existenz, egal, wie die Umstände sind.
Treu zu sein. Und das zu tun, wozu ich bestimmt bin – unabhängig davon, ob es jemand sieht oder ich mich im dunklen Keller befinde.

In Psalm 139, 7-12 beschreibt David Gottes Allgegenwart so:

Wohin sollte ich fliehen vor deinem Geist, und wo könnte ich deiner Gegenwart entrinnen?

Flöge ich hinauf in den Himmel, so bist du da; stiege ich hinab ins Totenreich, so bist du auch da.
Nähme ich die Flügel der Morgenröte oder wohnte am äußersten Meer,
würde deine Hand mich auch dort führen und dein starker Arm mich halten.
Bäte ich die Finsternis, mich zu verbergen, und das Licht um mich her, Nacht zu werden –
könnte ich mich dennoch nicht vor dir verstecken; denn die Nacht leuchtet so hell wie der Tag und die Finsternis wie das Licht.
(Neues Leben. Die Bibel)

Gott hat dich nicht vergessen in deiner Dunkelheit, in deinem Hunger, in dem Keller, in dem du möglicherweise gerade sitzt.

Wenn deine Blüte deiner Zeit voraus scheint, vertraue Ihm.
Er bereitet wahrscheinlich gerade das Terrain vor, in dem du wirken wirst.

In der Schöpfungsgeschichte sprach Gott in langen fünf Tagen eine Umgebung in Existenz, in der der Mensch würde leben können.
Vielleicht tut Er das gerade auch für dich.

Diese Geschichte erinnert mich an ein Erlebnis als kleines Mädchen.
In der Dunkelheit der Nacht stolperte ich durch das Haus meiner Geburtsfamilie.
Ich war zerschlagen, vergewaltigt und zerrissen und suchte die Toilette.
Mutterseelenallein und am Ende meiner körperlichen und seelischen Kraft war doch Gott bei mir und sprach zu mir über den feinen, zarten Duft einer Kaktee, die nur ein *einziges* Mal und auch nur bei Nacht blüht. In *dieser* Nacht. Ausgerechnet...

Ihr Duft hüllte mich ein und richtete etwas in mir auf, was in den Schmutz getreten worden war.
Es gab mir Kraft auf eine besondere, nur durch das Wirken Gottes zu erklärende Art und Weise.

Psalm 23,4 sagt:
Auch wenn ich wandere im Tal des Todesschattens, fürchte ich kein Unheil, denn du bist bei mir; dein Stecken und dein Stab, sie trösten mich.
(Elberfelder)

Trost und Halt sind Sein Versprechen in Zeiten von Ängsten, Sorgen und Nöten.

Du bist Seine geliebte Tochter, Sein geliebter Sohn, Sein geliebtes Geschöpf. Sein Königskind. Auch wenn du durch das Tal des Todes gehst, gerade dann, darfst du auf Seine Hilfe hoffen und dir deiner Identität als Kind des Höchsten bewusst sein.

Die Bibel sagt darüber in Johannes 1,12:

All denen aber, die ihn (Jesus Christus) aufnahmen und an seinen Namen glaubten, gab er das Recht, Gottes Kinder zu werden.
(Neues Leben. Die Bibel)

Und in Galater 3,26 in der gleichen Übersetzung heißt es:

Und so seid ihr alle Kinder Gottes durch den Glauben an Jesus Christus.

Die blühende Kaktee in der Nacht, damals in den schweren Stunden meiner Kindheit, heißt im Übrigen „Königin der Nacht". Ich kannte damals ihren Namen, und meine kindliche Seele spiegelte sich in ihr und fand Halt in einer göttlichen Identität, für die sie damals keine Worte gehabt hatte.

Diese göttliche Identität ist unser aller Erbe. Auch deins.

Wir, du und ich, sind einmal mehr aufgefordert und eingeladen, diese zu ergreifen und in ihr zu leben.

Das Kamel am Stadttor

Mir war ordentlich warm und mein Herz pumpte, was ja auch das Ziel des Ganzen war: Aufwärmen vor dem Training! Mindestens zehn Minuten auf dem Crosstrainer müssen einfach sein.
Ich trage beim Sport meist Kopfhörer, Noise cancelling, so dass die Studiomusik kaum an mein Ohr dringt und auch als sichtbares Zeichen, dass ich keine Lust auf Gespräche habe.
Dabei höre ich fast nie Musik. Meist begleiten mich ein Bibel Podcast oder die Hörbibel von Übung zu Übung. Manchmal ist aber auch Stille, und ich nutze die Zeit, um zu beten oder einfach hinzuhören, was Gott mir zu sagen hat.

An diesem Tag betete ich für die Frauen eines Mentoring-Programms, das ich leite. Erfahrungsgemäß sind Treffen entscheidend anders, wenn ich vorher für die gemeinsame Zeit und die einzelnen Teilnehmenden gebetet habe. Sie lassen sich mit mehr Leichtigkeit leiten, es liegt ein guter Geist, Gottes Geist selbst, auf dem Ganzen. Teilnehmenden fällt es leichter, sich zu öffnen, die Atmosphäre ist geprägt von Wertschätzung, Konzentration auf das Wesentliche und einer besonderen, herzlichen Verbundenheit.

Auch ich selbst gehe zu Gott für meine Anliegen und bitte Ihn um Nähe und Führung. Und ich bitte Ihn um einen Hinweis, wie es weiter gehen könne für mich im nächsten Halbjahr, das ich zu einem Sabbath-Halbjahr ausgerufen habe.
Ich freue mich auf die Zeit, einmal deutlich weniger zu tun, Inhalte zu kreieren und heraus zu geben, Menschen auszubilden, aufzubauen usw. und ganz für Studium und für Gott da sein zu können, noch mehr nach innen zu gehen und weniger Themen im Kopf bewegen zu müssen.
Und gleichzeitig macht mich diese freie Zeit etwas nervös. Wer bin ich ohne meine Arbeit?

Ich merke, dass ein Teil meines Selbstverständnisses an meine Arbeit gebunden und mit ihr verknüpft ist.
Selbstverständnis und Identität bedeuten immer auch Halt.
Ich wünsche mir, meinen Halt ganz und gar in etwas zu haben, was unvergänglich und von wahrhafter Dauer und Bestand ist. Eine Identität, auf Felsen gebaut.

So eine Identität gibt es nur bei Gott selbst: Als Sein Kind (Epheser 1,5), als Sein Priester (Petrus 2,9), König (1. Petrus 2,9) und Botschafter (2. Korinther 5,20).

Eine Identität in Gott macht frei, da keine Umstände, kein Alter, keine Veränderung der Persönlichkeit und inneres Wachstum, einfach nichts sie einem nehmen können.

Es ist mitunter ein Ringen. Zudem stellen sich praktische Fragen, wie beispielsweise die, wovon ich leben soll.
Also bitte ich meinen himmlischen Vater um ein Zeichen, in dem Wissen, dass Er antwortet, wenn ich rufe:

Psalm 34,16
Denn der Blick des HERRN ruht freundlich auf denen, die nach seinem Willen leben; er hat ein offenes Ohr für sie, wenn sie um Hilfe rufen.
(Neue Genfer Übersetzung)

Psalm 86,7
Zu dir will ich kommen, wann immer mich die Sorgen überwältigen, und du wirst mich erhören.
(Neues Leben. Die Bibel)

Und Er antwortet. Prompt.

Vor meinem inneren Auge sehe ich ein Kamel. Eine rote Decke liegt auf seinem Rücken. Es ist schwer beladen mit Lasten und wertvollen Gütern.

Das Kamel legt sich ab und sieht dabei so aus, als ob es sich hinknien würde. Menschen kommen zu ihm und lösen die Bündel auf seinem Rücken. Es darf sich ausruhen.

Das Bild spricht derart stark in meine Situation. Ich darf mich hinknien, hinlegen und mir die Lasten von Gott abnehmen lassen.

Im Geiste wende ich den Kopf nach links und sehe eine Stadtmauer, dann ein großes Stadttor und neben dem großen Tor ein kleines.

Ich lächle, Puzzleteile setzen sich in meinem Geist zusammen. Ein Gefühl wie heißes Feuer durchläuft mich, und ich bin erfüllt von solcher Freude und Dankbarkeit, Liebe und Frieden.

Lass mich dieses Geschenk für dich auspacken:

In der Bibel steht in Matthäus 19,24, Elberfelder Übersetzung:

Wiederum aber sage ich euch: Es ist leichter, dass ein Kamel durch ein Nadelöhr geht, als dass ein Reicher in das Reich Gottes hineinkommt.

Ich bin so reich. Nicht unbedingt finanziell. Aber an Lasten, an Verantwortung, an gesammelten Erfahrungen, an Wissen, an... die Liste ist lang. Es sind doofe und gute Dinge, die reichlich in meinem Leben vorhanden sind.

Mein Kopf ist oftmals voll und übervoll. Zu voll.

Da fällt es mir mitunter schwer, den Platz für Gott zu haben, den ich Ihm einräumen möchte.

Ein „Reicher" kommt nicht in die Gegenwart Gottes...

Kennst du solche Situationen, in denen du Gott begegnen möchtest, du jedoch innerlich so voll bist, dass kein Raum für Begegnung da zu sein scheint?

Es hat, der Überlieferung nach, eine ganz besondere Bewandtnis mit dem Nadelöhr der Bibel. Man darf wissen, dass hier nicht nur das Öhr einer Nadel gemeint ist, sondern auch das kleine Seitentor neben dem Haupttor der Stadtmauer. Tagsüber waren beide Tore geöffnet, die Zöllner kontrollierten Händler und Karawanen und ließen sie passieren. Nachts war das Haupttor geschlossen, man kam nur als Fußgänger durch das Seitentor in die Stadt. Mitnehmen konnte man nur das, was man tragen konnte. Wenn man sein Lastentier oder Kamel mitnehmen wollte, musste man es komplett von seinen Lasten befreien. Danach konnte das Kamel, gewissermaßen „kniend" oder sich besonders kleinmachend, das Tor passieren.

Inwieweit diese Überlieferung nachweisbar ist, wird von Experten diskutiert. Auch ich weiß es nicht.

Aber eines weiß ich:
Dass Gott Bilder und Geschichten verwendet, um zu uns zu sprechen.
Wie ein Kamel, das sich hinlegen und ausruhen darf und von seinen Lasten und Schätzen befreit wird. Wie die Geschichte der Bibel, die verheißt, dass mit Gott auch das möglich ist, was für Menschen unmöglich ist.

In Matthäus 19,24-26 heißt es:

Wiederum aber sage ich euch: Es ist leichter, dass ein Kamel durch ein Nadelöhr geht, als dass ein Reicher in das Reich Gottes hineinkommt.
Als aber die Jünger es hörten, gerieten sie ganz außer sich und sagten: Wer kann dann gerettet werden?

Jesus aber sah sie an und sprach zu ihnen: Bei Menschen ist dies unmöglich, bei Gott aber sind alle Dinge möglich.
(Elberfelder)

Du wüschst dir ein Zeichen von Gott?
Dann lass Tarotkarten, Orakel und anderen Kram links liegen und frage den Chef direkt und persönlich. Ehre Ihn als den, der Er ist: Der Höchste, der Schöpfer des Universums, der über allem steht. Der deine Wege kennt und will, dass dein Leben gelingt.

Und frag Ihn. Nimm Jeremia 33,3 für dich in Anspruch:

Ruf mich, dann will ich dir antworten und will dir gewaltige und unglaubliche Dinge zeigen, von denen du noch nie gehört hast.
(Neues Leben Bibel)

Und bitte Ihn, voller Respekt und Vorfreude auf Seine Antwort. In Johannes 5:14-15 heißt es:

Deshalb dürfen wir uns auch darauf verlassen, dass Gott unser Beten erhört, wenn wir ihn um etwas bitten, was seinem Willen entspricht. Und weil wir wissen, dass Gott all unsere Gebete hört, dürfen wir sicher sein, dass er uns gibt, worum wir ihn bitten.
(Hoffnung für alle)

Wie könnte es nicht Gottes Wille sein, mit dir in Kontakt zu sein?

Welchen besseren Freund und Berater könntest du dir vorstellen als den Chef selbst?

Gewalt in der Bibel

Die Bibel ist immer wieder Gegenstand heftigster Diskussionen. Das hat mir meine jüngste Recherche zum Thema „Gewalt" erneut vor Augen geführt.
Wie kann Gott Beschreibungen von aggressiven Handlungen und Gewalt an sich gutheißen?
Was für ein Gott würde Gewalt in seinem Wort zulassen?

So sehr ich die Aufregung, gerade in Bezug auf sexualisierte Gewalt und Trauma, nachvollziehen kann, denke ich doch in diesem Kontext: Total fehlinterpretiert und missverstanden!
Lass es mich dir bitte erklären:

Die Bibel, das wissen die wenigsten, ist ein polyphones, sprich mehrstimmiges Buch (übrigens: Solch „schlaue" Worte lernt man im Theologiestudium).
Viele erwarten von der Bibel, dass sie als „von Gott inspiriert" nur Gutes, Schönes, Wahres und Aufbauendes beinhaltet.
Dem ist aber nicht so, wie man spätestens beim Lesen des ersten Buch Mose nach wenigen Seiten feststellt. Es dauert gerade mal zwei Kapitel, bis sich das Böse in Form einer Schlange, die in ihrer hebräischen Urfassung eher einem Seeungeheuer als einer kleinen grünen Schlange gleicht, einschleicht und die paradiesischen Zustände zunichte macht.
Wer ist nun Schuld daran, dass das Böse Einzug hält und Gewalt, Tod, Krankheit und Elend Teil der menschlichen Erfahrungswelt werden? Etwa Gott?
Wenn du es geschafft hast, die ersten zwei (kurzen) Kapitel der Bibel zu lesen, kennst du die Antwort.
Übrigens, falls du keine Bibel hast: Du kannst sie online lesen, viele Kirchen schicken sie auf Anfrage kostenlos zu, und mit der Bibel hast du ein Werk in den Händen, das immer noch das meistverkaufte Buch der Welt ist und durchgehend auf der Bestsellerliste Platz 1 belegen würde, nähme man es in die Statistik auf. Es ist zudem das

am meisten erforschte Buch, das auf die meisten Urtexte und Originale zurückgreifen kann.
So viel als Info für (d)einen (vielleicht zweifelnden) Verstand.

Aber zurück zum polyphonen, also mehrstimmigen Charakter der Bibel:
In der Bibel findet man

- erzählende,
- prophetische und
- präskriptive (vorschreibende)

Elemente. Letzteres bezieht sich zum Beispiel auf die Gebote.

Darüber hinaus enthält sie

- hymnische Elemente (Gesänge, Loblieder) und
- Weisheitsliteratur.

Warum ist es wichtig, das zu wissen?
Weil viele Menschen die Bibel so lesen, als wäre sie *rein* präskriptiv, das bedeutet, alles, was in ihr steht, sei eine *direkte Anweisung* Gottes an uns Menschen oder spiegele Seinen direkten Willen.
Wenn dort also Gewaltszenarien beschrieben sind, läuft der unwissende Lesende Gefahr zu glauben, dass Gott Gewalt, zum Beispuiel an Frauen, gutheiße und regt sich in Folge davon natürlich fürchterlich auf oder nimmt es als Freibrief, Frauen Gewalt anzutun.
Dabei wird übersehen, dass es sich bei solchen Abschnitten um erzählende, also *beschreibende* Passagen handelt und eben *nicht* um normative. Sprich: „In der Bibel gibt es Vergewaltigung, also muss Gott das wohl gutheißen."
Was hier überspitzt klingt, ist leider die Gedanken-Realität vieler Bibelkritiker.

Als jemand, der Gewalt in verschiedenster, auch sexualisierter Form erleben musste und langjährige Trauma-Therapeutin, bin ich, wie viele andere auch, dem Thema gegenüber äußerst sensibel.

Ich möchte eine Perspektive zur Gewalt in der Bibel aufzeigen, die dir möglicherweise noch fremd ist. Aber lass uns zuerst einmal ein paar dieser Gewaltszenarien anschauen:

Da ist im Altem Testament im 1. Buch Mose 34,1-2 zum Beispiel Dina.

Dina, die Tochter Leas und Jakobs, ging einmal aus dem Zeltlager, um Frauen der Landesbewohner zu besuchen. Sichem, der Sohn des Hiwiters Hamor, des führenden Mannes der Gegend, sah sie, fiel über sie her und vergewaltigte sie.
(Gute Nachricht Bibel)

Der Name der Übersetzung „Gute Nachricht" mag hier ironisch empfunden werden. Oder auch nicht, wie wir im weiteren Verlauf dieses Kapitels noch sehen werden.

Schrecklich ist auch die Geschichte der Töchter Lots, die Grausames durchmachen mussten:
Sie wurden vom eigenen Vater einem wütenden Mob der Massenvergewaltigung preisgegeben:

Lot beherbergte zwei Boten Gottes in seinem Haus und erwies ihnen Gastfreundschaft, als der wütende Mob der Stadt Sodom an seine Tür klopfte. In 1. Mose 19,5-8 lesen wir:

Sie brüllten: »*Lot, wo sind die Männer, die heute Abend zu dir gekommen sind? Gib sie raus, wir wollen unseren Spaß mit ihnen haben!*«

Die Städte Sodom und Gomorrha waren bekannt für ihre verwerflichen Sexualpraktiken. Heute stehen die Städtenamen sinnbildlich für Verrohung und Sünde schlechthin.
Lesen wir weiter:

Lot zwängte sich durch die Tür nach draußen und schloss sofort wieder hinter sich zu.
»Freunde, ich bitte euch, begeht doch nicht so ein Verbrechen!«, rief er.
»Hier, ich habe zwei Töchter, die noch kein Mann berührt hat. Die gebe ich euch heraus. Ihr könnt mit ihnen machen, was ihr wollt! Nur lasst die Männer in Ruhe, sie stehen unter meinem Schutz, denn sie sind meine Gäste!«
(Hoffnung für alle)

Lot stellt hier Gastfreundschaft über den Schutz seiner Töchter.
Die Geschichte von Lot und seinen Töchtern geht ähnlich grausam weiter und beschreibt, wie die Töchter ihren Vater verführten, um Nachkommen zu sichern.

Die Tiefenpsychologie würde hier sicherlich die berechtigte Frage stellen: Welche Konditionierung der jungen Frauen muss stattgefunden haben, dass sie auf solch eine Idee kamen?

Schwierig zu lesen und auszuhalten ist auch die Geschichte von Tamar, einer Tochter Davids, des Königs von Judäa.
David hatte, gegen die Gebote Gottes, verschiedene Ehefrauen und somit etliche Kinder, die Halbgeschwister waren.
Amnon, der Halbbruder von Tamar, begehrte seine Halbschwester und stellte sich krank, um sie in eine Falle zu locken. Er bat seinen Vater, ihm Tamar zur Pflege zu schicken, legte sie rein und vergewaltigte sie.

In 1. Samuel 13,11-15 lesen wir:

Als sie ihm das Essen reichen wollte, packte er sie und sagte:»Komm, meine Schwester, leg dich doch zu mir!
Sie rief:»Nein, Amnon, zwing mich nicht zu so etwas. Das ist in Israel doch verboten. Ein solches Verbrechen darfst du nicht begehen!
Was soll dann aus mir werden? Denk doch, welche Schande das für mich wäre! Und du würdest in ganz Israel als gewissenloser Kerl dastehen. Warum redest du nicht mit dem König? Bestimmt erlaubt er dir, mich zu heiraten.«
Doch Amnon wollte nicht auf sie hören. Er stürzte sich auf sie und vergewaltigte sie.
Aber dann schlug seine große Liebe in glühenden Hass um. Ja, er hasste Tamar nun mehr, als er sie vorher geliebt hatte.»Mach, dass du fortkommst!«, schrie er sie an.
(Hoffnung für alle)

Das zu lesen ist furchtbar. Fast noch schrecklicher, meinem Empfinden nach, ist jedoch das, was im Anschluss passierte:

Tamars Flehen, zumindest von ihrem Halbbruder geheiratet zu werden, um ihre Ehre zu wahren, wurde abgelehnt.
Der Bruder reagiert folgendermaßen, wie wir in 2. Samuel 13,20 in der gleichen Übersetzung lesen können:

Zu Hause fragte Absalom sie:»Hat Amnon dich etwa belästigt? Sag niemandem etwas davon, denn er ist dein Bruder. Nimm die Sache nicht zu schwer!« Von da an wohnte Tamar einsam im Haus ihres Bruders Absalom.

Ihr Bruder rächt sie Jahre später.

König David, der Vater, reagierte folgendermaßen:
Als König David davon erfuhr, wurde er sehr zornig. Doch er brachte es nicht übers Herz, Amnon zu bestrafen, denn er war sein ältester Sohn, und David liebte ihn besonders.
2. Samuel 31,21 (Hoffnung für alle)

Fassen wir zusammen:
- Ein (Halb-)bruder, der nicht an sich halten kann.
- Ein Bruder, der beschönigt, was passiert ist.
- Ein Vater, der nicht eingreift.
- Eine Frau, die als Folge davon den Rest ihres Lebens entehrt und gezeichnet ist und in Trauer lebt; nicht nur verletzt, sondern auch im Stich gelassen und enttäuscht von den Menschen, die ihr Schutz und Hilfe hätten geben müssen.

Ein Problem aus der Bibel?

Nein. Solche und ähnliche Szenarien habe ich in meiner Arbeit in den verschiedensten Varianten hundertfach gehört – ein aktuelles Problem also.

Es gibt noch etliche weitere Stellen mit ähnlichem Charakter. Sie alle beschreiben die Abgründe menschlichen Verhaltens, das heute genauso präsent ist wie damals.

Auch das Thema Kinderopfer fällt darunter.
Gerne würde man erleichtert sagen: Ja, damals, zu biblischen Zeiten! Aber das kann man nicht, denn es existiert immer noch, nicht nur bei satanistischen Vereinigungen, sondern auch Geiseln der Hammas und Hisbollah berichten davon, zum Essen von gekochtem Babyfleisch gezwungen worden zu sein.

Warum diese hässlichen Themen in diesem Buch?

Als ich selbst diese schrecklichen Geschichten in der Bibel las, empfand ich dabei – so fremd es für den einen oder anderen hier klingen mag – so etwas wie Erleichterung. Erleichterung nicht darüber (bitte richtig lesen!), dass es Gewalt gab, sondern darüber, dass es ausgerechnet in der Bibel stand!

Ich selbst und viele Menschen, die ich über die Jahre in Gesprächen begleitet habe und ihnen besagte Passagen aus der Bibel vorlas, fühlten sich zutiefst verstanden und gesehen! Auf sonderbare Art und Weise erleichtert.
Da wurden Szenarien beschreiben, die man aus erster Hand kannte und selbst erlebt hatte: Familienmitglieder, die übergriffig waren, die die Tat verschwiegen, vertuschten, beschönigten...

Damals wie heute das gleiche Prinzip.
Damals wie heute Unrecht.
Damals wie heute von Gott gesehen und nicht vergessen.
Damals wie heute mit Konsequenzen.

Für Gott, so scheint es, war es wichtig, dass diese Gräueltaten Einzug in Sein Wort gefunden haben.
Gott verdrängt nicht.
Er verschließt auch nicht die Augen.

Die Bibel ist eben kein „Friede, Freude, Eierkuchen"-Buch, sondern beschreibt Menschen in all ihren Facetten. Sie beschönigt nicht, sondern zeigt auf. Spricht aus. Kehrt eben nicht unter den Teppich, wie so viele Menschen es oft tun.

Ich durfte einige Menschen begleiten und erleben, die sich beim Lesen dieser Passagen nicht nur wiedergefunden haben, sondern sich gesehen fühlten und als Folge davon Erleichterung und Heilung erlebten.

Menschen, die sich zutiefst allein gelassen und von der Welt abgeschnitten gefühlt haben, weil sie Dinge wie Vergewaltigung, Inzest, Folter, Verstümmelung, Sodomie, Kannibalismus usw. erleben mussten und dafür oft nur mühsam Worte fanden, weil der Schock des Erlebten so tief saß.

Gott erträgt, anders als so viele Menschen, das Leid und Elend und verleugnet es nicht. Und Er hat eine Lösung mit im Gepäck.

Dies ist auch der Grund, warum in diesem Buch mit dem blumigen Titel „Brautstrauß" nicht nur die „schönen" Geschichten vorkommen, die duftenden und lieblichen Gottesbegegnungen, sondern auch die dunklen, hässlichen, stinkenden, abscheulichen Momente des Lebens... der Dreck, Morast und Müll, in den Gott sich nicht zu schade ist herabzusteigen, um uns Menschen die Hand zu reichen.

Jesus scheute den qualvollen Tod am Kreuz nicht, sondern nahm ihn in Kauf, um uns zu befreien. Nach seinem Tod ging Er direkt ins Totenreich, stieg also noch einmal tiefer hinab, um Seelen zu befreien.

Er ist sich nicht zu heilig, um in meine und deine Qual zu kommen, in unseren Müll und Morast. Im Gegenteil, Seine Heiligkeit verwandelt meinen und deinen Schmerz, stellt unsere Ehre wieder her, erhellt mögliche Dunkelheit, Depression und Hoffnungslosigkeit, weckt das von den Toten wieder auf, was in uns gestorben ist.

Das Leid mag zwar nicht mit dir und mir begonnen haben, aber es kann mit uns enden.
Jesus als das Alpha und Omega kann – wenn du es möchtest – auch das Ende deines Leids sein, das sich vielleicht bereits über Generationen in deiner Familie befindet und fortsetzt. Vertrau dich Ihm an, lege es in Seine Hände und schau, was Er damit macht.

Ein schwieriger oder Sch*ßtag

Es gibt Themen, die gehen tief und triggern. So auch das Thema dieses Kapitels. Lies es vielleicht nicht unbedingt vor dem Schlafengehen und auch nur dann, wenn du dich stabil fühlst.

Etwas hin und her überlegt habe ich schon, ob ich es überhaupt in dieses Buch mit aufnehme. Aber nach Fertigstellung des vorherigen Kapitels war mir klar: Es muss mit rein. Weil es dazu gehört. Und weil dieses Buch, ganz im Sinne des vorher Gesagten, eben kein Buch der reinen Sonnenseite sein soll, sondern auch vor dem Dunklen nicht die Augen verschließt. Es schaut hin und bittet das „Licht der Welt", Jesus selbst, in die Dunkelheit.

Also, lass uns loslegen.
Zum Glück gibt es nur sehr, sehr selten so richtige „Scheißtage" in meinem Leben, aber sie kommen vor.
Es sind Tage, an denen ich meine göttliche Verbindung nicht richtig spüren kann und an denen sich zeigt, ob ich das, was ich an andere Menschen in Büchern, Workshops, Ausbildungen usw. weitergebe, auch wirklich selber zur Anwendung bringe.
Und ja, das tue ich. Genau aus solchen Situationen entsteht der Wunsch, anderen Menschen Hilfreiches an die Hand zu geben.

An diesem Tag kam eines zum anderen:
Schlecht und dazu noch wenig geschlafen, leichte hormonell bedingte Grundgereiztheit und Anspannung, verschiedene Konfliktherde an vielen Fronten und der Geburtstag einer der Menschen, die Teil der Trauma Geschichte meiner Vergangenheit gewesen waren. Druck auf verschiedenen Ebenen. Ein Tag des Kämpfens, emotional und geistig, aber auch schlicht körperlich.

Am Abend beschloss ich, meinen Hunden und mir noch etwas richtig Gutes zu tun, und wir gingen eine extra große Runde durch die angrenzenden Weiden und Felder. Sie glücklich zu sehen, macht auch mich glücklich. Draußen war es wunderschön. Ich tankte etwas auf.

Meine Hündin näherte sich gefährlich nah einem Entwässerungsgraben, der verlockend Abkühlung an diesem Sommerabend bot. Obwohl ich es aus vergangenen Erfahrungen besser hätte wissen müssen, ließ ich sie in den Graben springen. Der Hund, der mit rotem Fell in den Graben gestiegen war, kam als komplett schwarzes, nach Fäulnis stinkendes Ungeheuer wieder heraus. Moorwasser kann sehr hartnäckig und klebrig sein. Die kleinen Partikel hängen fest im langen Fell, und man hat noch Wochen später etwas davon.

Kein sauberer Teich in der Nähe für ein Säuberungsbad.
Meine Stimmung sank. Es hieß: Den Hund duschen, ein dreckiger Flur, ein dreckiges Badezimmer aber das schlimmste war der Kampf mit Cora, die Duschen einfach nur hasst.
So stand mein geliebter Hund mit den Knopfaugen und stinkendem Fell irgendwann erbärmlich zitternd in der Dusche. Alles war bereits dreckig geworden bei dem Versuch, sie in die Dusche zu bewegen. Sie entwickelt in solchen Momenten Kräfte, die denen eines erwachsenen Menschen ähnlich sind. Sie kratzt, weshalb ich voll angezogen mit ihr in die Dusche gehe, jault, und ich fühle mich jedes Mal wie ein Schlächter, ein Tierquäler und Monster.
Draußen mit einem Wasserschlauch absprühen kann ich nicht, weil das Wasser meinem Empfinden nach zu kalt ist. Vielleicht ist dies für künftige Aktionen dennoch das Mittel der Wahl.

Die Situation überfordert mich. Mein emotionaler Akku ist bereits im Minus. Ich bin erschöpft.
Die einzige Variante wäre, den Hund über Nacht draußen zu lassen und ihn am nächsten Tag mit neuer Kraft zu baden. Aber das bringe ich nicht übers Herz, und angetrockneter Moorschlamm ist noch schlimmer zu lösen als die klebrige braune Masse, die jetzt an ihr klebt.

Die Tatsache, dass sie solche Angst hat und mich wie einen Täter anschaut, trifft mich zutiefst. Normalerweise dauert so eine Dusche fünf Minuten, es soll ja nur das Gröbste ab. Jetzt zieht sich das Ganze. Die Wassertemperatur ist perfekt. Sie versucht krampfhaft, aus der Dusche zu flüchten, alles ist pechschwarz, es stinkt, ich muss sie irgendwie festhalten und zugleich duschen.
Ein Chaos.

Plötzlich schießt eine Wut in mir hoch, die mir bekannt und die mir dennoch fremd ist. Ich kenne sie, weil ich ihre Auswüchse oft zu spüren bekommen habe, und sie ist mir fremd, weil ich sie bislang nie selbst empfunden habe.
Überforderung und Ohnmacht wechseln zu Wut und Hass.
So müssen sich die Menschen, die meine Täter waren, gefühlt haben und noch viel schlimmer, dass sie nicht hatten an sich halten können und gewalttätig über mich hergefallen sind.

Ich lasse die Gefühle zu, denn ich weiß sie zuzuordnen und lasse das Wasser laufen, während ich Cora einfach am Halsband festhalte und tief atme.

Es waren Momente, in denen ich als Kind und Jugendliche unkontrolliert geschrien hatte, weil meine junge Psyche mit der Wucht der Gewalt und Vergewaltigungen nicht klarkam und ich, wie man es zynisch nannte, „schwierig" wurde. Da schien es für manchen der einzige Ausweg zu sein, mich mit Kleidung oder auch nackt unter die kalte Dusche zu stellen. Als „Schocktherapie" gewissermaßen, um mich „zur Raison" zu bringen.
Es waren Situationen, in denen versucht wurde, ungeborenes Leben aus meinem Körper zu entfernen, das durch die Übergriffe entstanden war. Ich galt mal als schuldig, mal nur als mitschuldig, obwohl ich mitunter nicht einmal wusste, dass ich überhaupt schwanger gewesen war.

Ich lebte damals vielfach in emotionaler und körperlicher Abspaltung von mir selbst (d.h. Körperempfindungen, wie zum Beispiel Schmerzen, werden ausgeblendet), um irgendwie mit dem Trauma weiter leben zu können.

Die pure Verzweiflung der Person, die versuchte, die Schande auf ihre Art und Weise zu entfernen, stand im Raum. Die Angst, dass alles ans Licht kommen könne...

Die Situation stand mir deutlich vor Augen. Überall klebt Blut, so wie bei mir gerade Dreck. Angst, Erschöpfung, Verzweiflung, komplette Überforderung. Und ich als junger Mensch mittendrin, zitternd und gleichzeitig gelähmt vor Angst.

So muss sie sich gefühlt haben – denke ich, während das Wasser immer noch läuft und ich meinen Hund am Halsband festhalte und den Flashback vorüberziehen lasse.

Gefühle von Tätern gehen auf ihr Opfer über, das weiß die Tiefenpsychologie schon lange. Und das weiß auch ich.
Zum Glück habe ich mich über Jahrzehnte hinweg intensiv mit innerseelischen Mechanismen auseinandergesetzt, habe an mir gearbeitet und viele Betroffene von Trauma begleitet, manche von ihnen, die wie unter Zwang selbst zu Tätern geworden und das weitergegeben haben, was sie selbst erlebt haben.

Noch während ich diese fremden Gefühle von Wut und Gewaltbereitschaft in mir wahrnehme, spüre ich gleichzeitig auch mein eigenes Gefühl: Es ist tiefe Dankbarkeit, dieses Wissen zu haben. Genau sagen zu können, was ich gerade fühle und die Kraft zu haben, es zuordnen zu können und es eben nicht ausleben zu „müssen", wie es Täter und Täterinnen tun.
Ausleben und sich hinterher schlecht fühlen.

Ausleben und es hinterher verdrängen und verleugnen müssen, weil man mit der Schuld nicht würde leben können.

Plötzlich verstand ich sie, zumindest im Ansatz, die Personen von damals. So etwas wie Mitgefühl kommt in mir auf. Wie furchtbar müssen sie sich gefühlt haben. Das sage ich, ohne damit ihre Taten zu entschuldigen oder klein zu reden.

Meine aktuelle Situation ist dagegen ein Witz: Es handelt sich einfach nur um einen dreckigen Hund und ich bin emotional überanstrengt. Es geht um gar nichts.
Damals muss es für diese Person um alles gegangen sein, den guten Ruf und die Illusion, dass es außer diesem Weg keinen Ausweg gäbe.

Ich wende mich wieder meiner Hündin zu, die immer noch vor Angst zittert und nur auf den Moment wartet, flüchten zu können. Beruhigend rede ich auf sie ein und hoffe, dass sie sich entspannt und mich sie abduschen lässt. Aber sie will einfach nur raus.
Ich verstehe sie zutiefst, mir ging es damals auch so, auch wenn die Situation natürlich eine ganz andere war.

Ich bete: „Jesus, bitte komm. Ich weiß, dass dies auch ein Kampf auf geistiger Ebene ist. Ich weiß, dass wir nicht gegen Menschen aus Fleisch und Blut kämpfen, sondern gegen Mächte und Gewalten der Finsternis. Ich weiß, dass diese Mächte sich damals dieses Menschen bemächtigt haben. Mit deiner Hilfe habe ich es immer geschafft, dass diese Hässlichkeit nicht in mich Einzug halten konnte, bitte hilf mir auch jetzt.
Bitte gib mir Deine Liebe, Deine Geduld, Deine Güte..."

Etwas verändert sich. Sofort und spürbar.
Es war Ruhe im Raum, neue Kraft stand mir zur Verfügung. Der Spuk war vorbei.

Liebevoll und bestimmt duschte ich meinen Hund ab und redete ihr, aber auch mir, gut zu.

Als das Gröbste weg ist, breche ich die Aktion ab, wickele den nassen Hund in ein Handtuch und trage sie raus, damit sie auf dem nassen Fliesenboden nicht ausrutscht. Draußen schüttelt sie sich kurz, verbellt mich, während sie schon wieder mit dem Schwanz wedelt und in Erwartung einer Belohnung vor mir steht.
Ich streue etwas Hundefutter in die Dusche, in die sie jetzt problemlos geht und zufrieden das Futter frisst. Ihre Welt ist wieder in Ordnung.

Meine renkt sich erst wieder ein.

Ich kenne so viele Meschen, die im christlichen Glauben unterwegs sind und voller Verzweiflung und Hoffnung zugleich in Beichtgesprächen ihre Nöte zu Gott bringen. Sie sind voll beladen mit Schuld- und Schamgefühlen, die sie bei Gott abgeben und um Vergebung bitten.
Den allermeisten fehlt komplett das Wissen um innerseelische Zusammenhänge. Sie benennen die Auswüchse ihrer Probleme wie entartete sexuelle Gefühle, Wut, Hass, Gewaltfantasien, Essstörungen, Selbstverletzung usw. als den Feind, das Böse, den Satan usw. was definitiv richtig ist, haben aber keine oder kaum Erinnerung oder Zugang zu dem Erlebten und somit zu der Wurzel des Problems auf menschlicher Ebene.
Gott hat, so glaube ich, ganz bewusst uns Menschen das Wissen von Psychologie und Tiefenpsychologie gegeben, um das Böse bewusster entlarven und ihm entgegen treten zu können. Innere Arbeit und Glauben können Hand in Hand gehen, sie schließen sich nicht aus.

Wie viele Menschen haben mir schon endlos lange Mails geschrieben und ihre Gewalt- und Vergewaltigungsfantasien usw. gebeichtet. Alle waren davon überzeugt, dass sie selbst der Ursprung dieser Gefühle wären, und konnten die Verbindung zwischen erlebtem Leid und introjizierten (aufgenommenen und verinnerlichten) Gefühlen nicht herstellen. Sie identifizierten sich mit den verinnerlichten Gefühlen ihrer Aggressoren und meinten, sie seien ein Teil von ihnen.

Was für ein fieser Trick des Bösen!

Ich bin dankbar für das Geschenk von guten tiefenpsychologisch ausgebildeten Therapeuten und Lehrern in meinem Leben, von denen ich über Jahrzehnte hinweg lernen durfte. Und ich spreche dir zu, dass auch du sie finden wirst, sollte dies dein Wunsch und Bedürfnis sein. Wir können Gott immer bitten, uns den Weg zu zeigen.

Dankbar bin ich auch dafür, dass Gott den brennenden Wunsch in mein Herz gelegt hatte, meine Vergangenheit aufzuarbeiten und sie eben nicht zur Seite zu schieben und wegzudrängen, auch wenn das viele, viele Jahre meines Lebens in Anspruch genommen hat. Die Freiheit, die Er mir und vielen anderen durch den Aufarbeitungsprozess schenkte, ist unfassbar groß und wertvoll.

Und ich bin dankbar für den Mut, den Gott in mein Herz gepflanzt hat, auch dann hinzuschauen, wenn es furchtbar weh tut.

Ich bin dankbar für den Willen, dranzubleiben, wenn Aufhören die einfachere Option ist und gewesen wäre.

Dankbar bin ich auch für die Einsicht, die Gott mir von klein auf geschenkt hat, dass es wichtig ist, hinzuschauen, Gefühle nicht wegzudrücken, sondern zu hinterfragen. Es ist wichtiger, als ein „normales" oder „erfolgreiches" Leben zu führen und das zu tun, was gesellschaftlich anerkannt, gefeiert und belohnt wird.

Das verletzte und verschüttete Innere wieder freizulegen, um zum eigenen Wesenskern, zur eigenen Seele und dem „inneren Kind" zu kommen, erinnert mich stark an den Ausspruch von Jesus in Matthäus 18,3

Jesus rief ein kleines Kind, stellte es in ihre Mitte und sagte: »Ich versichere euch: Wenn ihr euch nicht ändert und so werdet wie die Kinder, kommt ihr ganz sicher nicht in Gottes himmlisches Reich.
(Hoffnung für alle)

Unser Lohn kommt nicht von der Welt, sondern von Gott. Und der größte Lohn ist definitiv der, dass Er Platz in deinem und meinem Herzen hat, dass Sein Frieden für uns spürbar ist und wir nicht vor dunklen Erinnerungen und Erfahrungen weglaufen müssen.

Im Hebräerbrief 11,6 heißt es:
Wer nämlich zu Gott kommen will, muss darauf vertrauen, dass es ihn gibt und dass er alle belohnen wird, die ihn suchen.
(Hoffnung für alle)

Ich bin dankbar dafür, dass Jesus nicht nur auf der geistigen Ebene wirkt und Befreiung schenkt, sondern auch auf der seelischen Ebene, in unserer Gefühls- und Gedankenwelt, und dass Er dort nicht stehen bleibt, sondern auch unsere Nervensysteme, unsere Körper heilt und von Trauma befreit.

Gott ist Mensch geworden und kennt unsere Schmerzen aus erster Hand. Er ist kein Gott, der fern im wunderschönen Himmel sitzt und aus sicherer Distanz auf uns arme Menschen schaut, wie wir uns durch den Morast kämpfen oder versuchen, wie in dieser Geschichte, ihn abzuwaschen.
Er kam selbst in diesen Morast, um dir, um mir in unseren Kämpfen und dunklen Momenten nahe, ganz nahe zu sein.

Ich bete dafür, dass wir uns in genau diesen Momenten daran erinnern und Ihn rufen!
Denn:
Er kommt. Er ist bereits da.

Musik, die spricht

Wieder einmal ist es Winter, und ich bin für einige Zeit auf den Kanaren. Ich brauche einmal im Jahr die Zeit des Alleinseins und der Neuausrichtung, losgelöst vom Alltag. In der Stille Ihm nahe sein, ohne jemals auf die Uhr schauen zu müssen.
Und ja: Sonne, herzliche Canarios, schwarze Lavafelder und die Weite des Atlantiks streicheln meine Seele.

An diesem Abend sitze ich in einem wunderschönen Restaurant und genieße das leckere Essen vom Buffet, Salat und Früchte ohne Ende – irgendetwas findet man als sich weitestgehend pflanzenbasiert ernährender Mensch immer.

Ich hänge meinen Gedanken nach. Im Hintergrund spielt eine Frau am Klavier. Sanft berührt die Melodie mein Herz, und Tränen schießen mir in die Augen...

In meiner Erinnerung sitze ich am Klavier im Haus meiner Kindheit. Niemand ist zu Hause und so traue ich mich, meine Seele zu öffnen. Sie verlässt für kurze Zeit ihr Verließ, um mit der Melodie des Klavierstücks zu tanzen, immer ein Auge auf die Haustür gerichtet, denn käme jemand herein, würde sie fliehen und Schutz suchen in ihrem sicheren Versteck.

Ich spiele, und der Schmerz der Einsamkeit, der Angst, der Verlorenheit, der inneren Kälte brechen aus... Die junge Frau, noch nicht volljährig, fragt sich: Sieht mich hier jemand? Hört mich jemand? Wann wird das alles hier vorbei sein? Und werde ich es überleben?

Sie weiß, zu wem sie spricht, und hofft auf eine Antwort.

Heute spiegeln mir Passagen aus Psalm 130 genau diese Situation wider:

HERR, aus tiefster Verzweiflung schreie ich zu dir!
Bitte höre mich an, HERR! Lass mein Flehen doch zu dir dringen!
Psalm 130,1-2 (Hoffnung für alle)

Ich setze meine ganze Hoffnung auf den HERRN; ich warte auf sein erlösendes Wort.
Ja, ich warte voller Sehnsucht auf den HERRN, mehr als die Wächter auf den Morgen!
Psalm 130,5-6 (Hoffnung für alle)

Damals kannte ich diese Verse nicht, doch ich kannte Ihn und klammerte mich daran, dass Er mich doch sehen *musste*.

Wann ist es vorbei?, fragte ich zaghaft in meinem Herzen, während ich weiter spielte. Und es war, als ob in der Melodie Seine Antwort wäre.
Ich wusste, es würde noch dauern. Noch einige Zeit. Aber ich wusste auch, dass ich Hoffnung haben durfte, dass Er mich sieht und nicht vergessen hat.

Während ich im vollen Restaurant mit den Tränen kämpfe, spielt die Frau am Flügel weiter. Ich benutze die Serviette, um meine Tränen abzuwischen. Das Licht ist zum Glück gedämpft, niemand scheint etwas zu bemerken.
Ich schaue auf die Situation von damals und sehe Ihn, wie Er bei mir war, wie Er mitlitt in meinem Leid und in allem Horror, so paradox es klingen mag, die Hand über mich hielt. Gütig. Liebend. Und im wahrsten Sinne des Wortes mitfühlend.

Ich war nie allein, auch wenn es sich immer wieder so anfühlte. Ich war nie vergessen, auch wenn die Angst davor oft groß war.

Mir fällt Psalm 18 ein, in dem David Gott für seine Rettung dankt:

Von David, dem Diener des HERRN. Er sang das folgende Danklied, nachdem der HERR ihn aus der Gewalt aller Feinde und auch aus der Hand von Saul befreit hatte.

Ich liebe dich, HERR! Du bist meine Kraft!
Der HERR ist mein Fels, meine Festung und mein Erretter, mein Gott, meine Zuflucht, mein sicherer Ort. Er ist mein Schild, mein starker Helfer, meine Burg auf unbezwingbarer Höhe.
Psalm 18,1-3 (Hoffnung für alle)

Ähnlich stark und tief berührend geht es weiter im Psalm. Wenn du magst, ruf ihn doch kurz über dein Smartphone oder Computer auf. Es lohnt sich so sehr, ihn ganz zu lesen!

Durch Sein Wort spricht Gott immer wieder direkt in unsere Lebenssituationen hinein. Vielleicht ist das bekannt und völlig normal für dich. Vielleicht ist dir neu.

Die Bibel sagt von sich, dass sie von Gott inspiriert sei. Das Wort „inspiriert" kommt vom lateinischen „inspirare" und bedeutet so viel wie einatmen oder einhauchen. Gott selbst hat Seinen Geist in die Bibel eingehaucht.
Beim Lesen will Sein Geist uns berühren, uns führen und zu uns sprechen. Sein Geist „atmet" gewissermaßen aus der Bibel aus, in uns hinein.
Ich bitte Gott immer wieder, ganz direkt beim Lesen der Bibel zu mir zu sprechen und sich mir zu offenbaren. Es gibt etliche Bibelstellen, die uns zusagen, dass Er denen antwortet, die ihn rufen und bitten.

Manchmal muss ich mich selbst daran erinnern, wenn mein geistiges Leben etwas zäh und das Bibellesen zur Routine geworden ist.

Ich möchte dich ermutigen, das nächste Mal beim Bibellesen genau mit *dieser* Absicht das Buch aufzuschlagen.

Und wenn du noch gar nicht in der Bibel liest oder keine besitzt: Du kannst dich freuen, das Beste kommt noch! Es warten besondere, tief berührende und lebensverändernde Erfahrungen und Begegnungen mit Gott auf dich!

Heilung: Sofort und im Prozess

Vielleicht hast du schon mal von Heilungswundern gehört, sie sogar mit ansehen oder an dir selbst erleben dürfen. Wenn sie passieren, sind das Momente, die heilig und besonders sind, irgendwie außerhalb von Raum und Zeit und doch meist eingebettet in den Alltag.

Diese Heilungswunder können spontan und sofort geschehen, oder auch im Prozess. Oft sind wir enttäuscht, wenn Heilung nicht sofort geschieht und denken, Gott wirke nicht. Oder bei allen, nur nicht bei einem selbst. Oder aber, wir hätten das Wunder nicht verdient oder seien einfach zu schwach im Glauben.

Wunder jeglicher Art hat man ohnehin nicht verdient bzw. kann sie sich nicht verdienen. Sie sind ein Geschenk und entstehen aus der Gnade Gottes.

In 2. Mose 33,19 sagt Gott zu Mose:

Ich schenke meine Gnade und mein Erbarmen, wem ich will.
(Neues Leben. Die Bibel)

Ich durfte einmal ein Heilungswunder erleben, als ich an der Tür des ICF (International Christian Fellowship) Hamburg, einer Freikirche, stand und im Welcome Team aushalf. Da stand ich mit einem schwarzen T-Shirt, auf dem „Welcome" stand, und begrüßte die herbeiströmenden Menschen.
Eine Bekannte, Susanne, kam auf mich zu und fragte mich, wie es mir gehe. Ich erwähnte kurz, während weiterhin Menschen an mir vorbeiliefen, denen ich zulächelte und freundlich zunickte, dass ich Schmerzen hätte, ein Thema, das mich seit meiner Jugend immer mal wieder begleitet und Folge einer traumatischen Erfahrung ist. Es gibt Dinge im Körper, die gehen bei Gewalt „kaputt", nehmen Schaden und lassen sich oft nicht mehr „reparieren", nicht von

Ärzten, nicht durch Aufarbeitung oder Therapien. Auf Details möchte ich an dieser Stelle verzichten.

Ungeachtet der Tatsache, dass ich eigentlich einen Job zu machen hatte, fragte sie mich, ob sie kurz für mich beten könne. Sie legte mir ihre Hand aufs Herz, sprach ein kurzes Gebet von höchstens 30 Sekunden und ging dann weiter.
Ich hatte keine Zeit darauf zu achten, ob sich etwas verändert hätte, schließlich sollte ich ja Menschen begrüßen. In der anschließenden Celebration (modern für Gottesdienst) fiel, Zufall oder göttliches Timing, genau das Wort, was zu meiner körperlichen Beschwerde passte, wieder und wieder: In der Predigt, in den Liedern und gesungenen Gebeten.

Konnte das, was mich immer wieder belastete, wirklich gegangen sein, fragte ich mich, während mir immer leichter ums Herz wurde und sich die Gewissheit einstellte: Ja, ich bin geheilt. Es ist gegangen! Ich war überwältigt und von Dankbarkeit durchflutet.

Einige Tage vorher hatte ich Gott gebeten, die emotionale Verbindung zu einer Person meiner Vergangenheit zu lösen und mir aufzuzeigen, wo ich ggf. noch etwas zu bereinigen hätte. Manchmal tragen wir, ohne uns dessen bewusst zu sein, emotionale Lasten anderer Menschen. Dabei gibt es ultimativ nur einen, der diese Last wirklich tragen kann und final getragen hat, natürlich Jesus.
Die wenigsten von uns, mich eingeschlossen, haben gelernt, Lasten bei Jesus abzugeben und wissen schlichtweg nicht um den sogenannten „Tausch am Kreuz" und das Wunder der Vergebung, das wir in Anspruch nehmen dürfen.

Aber Gott heilt auch im Prozess, und diese Wunder, die nicht in einem Moment, sondern über einen längeren Zeitraum erfolgen, sind nicht minder groß.

Eine Rückenverletzung aus uralten Zeiten hatte ich über Jahrzehnte hinweg gut kompensieren können und kaum Beeinträchtigungen dadurch erlebt.

Es ist ein bekanntes Phänomen, dass sich psychische, aber auch körperliche Traumata oft erst Jahre und Jahrzehnte später zeigen, oftmals erst im Alter und sogar hohen Alter. Meine Mailbox ist voll von Nachrichten, mit immer der gleichen Frage: Ich bin 50, 60,70 oder sogar 90 Jahre alt und plötzlich erinnere ich traumatische Erlebnisse aus meiner Kindheit. Ist das möglich?

Ja. Das ist nicht nur möglich, sondern kommt häufig vor und lässt sich psychologisch leicht erklären.

Bei mir zeigten sich die Rückenschmerzen erst mit 40 Jahren, und Ärzte und Physiotherapeuten waren verwundert, dass ich all die Jahrzehnte zuvor keine Symptome gehabt hatte.

Natürlich betete ich für Heilung. Auch andere taten das. Wieder und wieder. Aber das instant-Wunder passierte nicht. Dafür gab es Heilung im Prozess.

Über Jahre hinweg lernte ich so viel über meinen Körper, mich selbst, aber auch Allgemeingültiges, wie zum Beispiel, dass Muskelfaszien Trauma-Energie speichern können und es Menschen, die meinen Körper behandelten und damit auch Schmerzen auslösten (Physiotherapie ist keine „Streicheltherapie"), es gut mit mir meinen. Für den Verstand ist das leicht zu greifen, für ein Nervensystem, ein verletztes dazu noch, allerdings nicht, sondern ein Lernprozess.

Hier sämtliche Einzelheiten des Heilungsprozesses aufzuzählen, würde zu weit führen und wohl den Rest des Buches ausfüllen. Aber vielleicht noch ein Detail:

Um zu meinem jetzigen Physiotherapeuten zu kommen, kann ich mit dem Fahrrad fahren. Eine Dauerbaustelle hindert mich daran, zu den Autoschlüsseln zu greifen und eine ewig lange Umleitung in Kauf zu nehmen. 25 Minuten auf dem Rad sind da der deutlich kürzere Weg.

Dadurch habe ich das Fahrradfahren wieder für mich entdeckt, etwas, was ich als Kind und Jugendliche geliebt habe und für das ich in meinem Alltag keine Zeit gefunden hatte.

So fuhr ich zwei bis viermal die Woche mit dem Fahrrad über Land, bei Sonnenschein, Gegenwind und Wetter, mal geduckt mit Graupelschauern im Gesicht, mal mit einem Kaffee von der Tankstelle in der Hand.

Was ich bei diesen Fahrten alles erleben darf, ist überwältigend! Sie sind mir heilig geworden.

Ich begegne Menschen, für die ich beten darf. Rette Schnecken vom Radweg, sehe seltene Tiere, genieße die Landschaft, singe, lasse mir von den Sonnenstrahlen übers Gesicht streicheln und bin telefonisch nicht erreichbar. Kein Podcast. Keine Nachrichten.

Fast eine Stunde Fahrradzeit, nur für mich. Nur mit Gott.

Ich möchte das nicht mehr missen.

Gott beschenkt uns durch Heilungsprozesse und kann Negatives nutzen, um Gutes daraus entstehen zu lassen, das lesen wir in 1. Mose 50,20, wo Joseph, der von seinen Brüdern in die Sklaverei verkauft wurde, Jahre später bei der Versöhnung zu ihnen sagt:

Ihr wolltet mir Böses tun, aber Gott hat Gutes daraus entstehen lassen.
(Hoffnung für alle)

Diese Bibelstelle dürfen wir immer wieder für uns in Anspruch nehmen.

Und: Wir dürfen nicht enttäuscht sein, wenn das Heilungswunder noch nicht da ist!

Gott *kann* uns nicht nur heilen, Er *will* es auch, wie wir in Lukas 5,12-16 lesen:

In einer der Städte, durch die Jesus zog, begegnete ihm ein Mann, der am ganzen Körper aussätzig war. Als er Jesus sah, warf er sich vor ihm nieder und flehte ihn an: »Herr, wenn du willst, kannst du mich heilen!«
Jesus streckte die Hand aus, berührte ihn und sagte: »Das will ich! Sei gesund.« Im selben Augenblick war der Mann von seiner Krankheit geheilt.
(Hoffnung für alle)

Er hat Seinen ganz eigenen Plan mit jedem einzelnen von uns.
Deshalb lohnt es sich, im engen Gespräch mit Ihm zu sein, Ihn zu fragen, was Seine Gedanken zu dem jeweiligen Thema sind, vielleicht sogar die Warum Frage zu stellen, also: „Warum habe ich diese Beschwerde?", denn manchmal können neben Psychosomatik, das sind seelische, zum Teil verdrängte Konflikte, die sich körperlich manifestieren, auch Unvergebenheit, alte Verletzungen, die nach Heilung schreien, oder auch Verfehlungen zu den Hintergründen und Wurzeln des Problems gehören.

Viele Menschen erzählen davon, wie eine Krankheit sie enger an Gott herangebracht hätte, wie der Leidensdruck zum Antrieb wurde, in der Bibel zu lesen, sich mit den Versen über Heilung auseinander zu setzen und tiefer und intensiver mit Gott ins Gespräch zu gehen.

Dieser Vers aus dem Römerbrief 8,28 kann ein Begleiter in solch einem Prozess werden:

Das eine aber wissen wir: Wer Gott liebt, dem dient alles, was geschieht, zum Guten. Dies gilt für alle, die Gott nach seinem Plan und Willen zum neuen Leben erwählt hat.
(Hoffnung für alle)

Lebenslanges Aufenthaltsrecht

„Ich wünsche mir lebenslanges Aufenthaltsrecht!", sagte ich und schaute ihn bittend an. „Ich möchte für immer die Möglichkeit haben, in deiner Nähe zu sein!"

Er lächelte, gütig und liebevoll. Mein treuer Begleiter, mein väterlicher Freund, der Mensch, der mir über Jahre hinweg Schutz vor Verfolgung gewährt hatte. Ein Dach nicht nur über meinem Kopf, sondern auch Schutz für Körper und Seele.

Wenn Gott Menschen benutzt, um eines seiner geliebten Kinder zu retten, sind dies Menschen, die, meiner Beobachtung nach, ein besonderer Glanz und Aura von Gottesnähe umgibt. Die Retter in der Not, sei es im OP-Saal eines Krankenhauses, auf einem Seenotkreuzer im Sturm auf hoher See, in einem seelsorgerischen Gespräch, in den Räumen einer Opferschutzeinrichtung.
Die Hand, die sich dir entgegenstreckt. Der Ruf, der durch den Sturm an dein Ohr dringt. Die warme Decke, die deinen unterkühlten Körper wärmt. Das sanfte Wort, das an die Tür deines Seelengefängnisses klopft.

Solche Menschen sind kostbar. Sie sind wahre Schätze. Sie umgibt der Glanz und die Güte Gottes.
Man möchte sie „behalten". Am besten für immer.

„Das kann ich nicht versprechen", sagte er liebevoll, um mich nicht zu verletzen, „das Leben hat vielleicht andere Pläne. Aber bei allem, was in meiner Macht steht, bist du bei mir immer willkommen."

Mit dieser Antwort konnte ich mich zufriedengeben.

Wir suchen ein Leben lang nach unserem Zuhause, nach einem Ort, der „für immer" ist. Ein Ort der Geborgenheit, der Sicherheit, der Annahme und der Liebe.
Zuhause eben.

Wir suchen diesen Ort in Ehe und Beziehungen, an Lieblingslocations und Kraftorten, in Aufgaben und Berufung, in Familie und Gemeinschaft. Und finden ihn, immer ein Stückchen weit, bis wir feststellen, dass es eben nur ein Bruchstück des wahren Zuhauses ist. Dass es nicht der Mensch, der Ort, die Familie, die Gemeinschaft an sich ist, sondern der, der in ihr lebt und wirkt. Der, der alles verbindet, der Liebe und Halt schenkt, der das Licht der Welt ist. Jesus.
Er wirkt selbst dort, wo Er nicht erkannt und genannt wird.
Er leuchtet auch dort, wo man den Namen des Lichts (noch) nicht kennt.

Ich war jemand, der ernsthaft dachte, Älterwerden sei etwas, was nur andere erleben. Irgendwie war ich immer davon überzeugt, ewig zu leben – was ja auch für meine Seele stimmt. Als mein Körper anfing, erste Zeichen des Älterwerdens zu zeigen, wurde mir die Endlichkeit meines Daseins hier auf der Erde immer mehr bewusst. Es gibt Orte, die werde ich wohl nicht noch einmal besuchen. Menschen, die ich nicht wiedersehen werde. Meine Zeit ist endlich und begrenzt.

Umso mehr erwacht die Sehnsucht nach dem, der außerhalb von Raum und Zeit ist. Nach dem, der immer da sein wird und durch den ich mit allem und jedem verbunden bin.
Diese Sehnsucht nach dem Bleibenden, Ewigen.
Die Sehnsucht nach Gott.

In Psalm 86, 11 heißt es:

Herr, zeige mir den richtigen Weg, damit ich in Treue zu dir mein Leben führe! Lass es meine einzige Sorge sein, dich zu ehren und dir zu gehorchen!
(Neues Leben. Die Bibel)

Gott zu ehren und an erste Stelle zu setzen, befreit nicht nur uns selbst, sondern auch die Menschen, die wir zu Göttern in unserem Leben erheben und von denen wir, meist unbewusst, erwarten, sich gottgleich zu verhalten. Und wehe, wenn sie es nicht tun…

Weiter heißt es in Vers 12 und 13 des gleichen Psalms in der gleichen Übersetzung:

Herr, mein Gott, von ganzem Herzen will ich dir danken und allezeit deinen Ruhm verkünden;
denn du bist überaus gut zu mir gewesen: Du hast mein Leben gerettet aus der untersten Totenwelt.

Es lohnt sich, sich einmal die Frage zu stellen, ob es Menschen in unserem Leben gibt, von denen man sich erhofft – vielleicht unbewusst und sicherlich ohne böse Intention – dass sie sich „wie Gott" verhalten mögen.
Sprechen wir sie frei von dieser unmöglichen Aufgabe. Nehmen wir ihnen diese Bürde, die sie niemals tragen können, und geben sie dem einzigen, der es kann.
Seien wir so achtsam und konsequent, diese Bürde unsererseits abzulehnen, die andere Menschen mitunter sehnsüchtig und hoffnungsvoll an uns herantragen, so wie mein treuer Freund es mir gegenüber tat.
Und nutzen wir die Chance und weisen wir ihnen den Weg zu dem Einen, der ihre Sehnsucht wirklich stillen kann.

Das macht frei und bedeutet Freiheit – für alle Beteiligten.

Göttliche Ordnung setzt dich und mich und andere Menschen an den Platz, der für jeden bestimmt ist. Ein Platz, den man ausfüllen kann. Eine Bürde, die tragbar ist.

David, ein großer König der Bibel, sagt in einem seiner Psalmen:

Eine einzige Bitte habe ich an den Herrn: Ich sehne mich danach, solange ich lebe, im Haus des Herrn zu sein, um seine Freundlichkeit zu sehen und in seinem Tempel still zu werden.
Denn er wird mich aufnehmen, wenn schlechte Zeiten kommen, und mir in seinem Heiligtum Schutz geben. Er wird mich auf einen hohen Berg stellen, wo mich niemand erreichen kann.
Psalm 27,5-6 (Neues Leben. Die Bibel)

Ich hatte mein ewiges Zuhause gefunden.

Wenn du magst, bete mit mir:

Danke, Jesus, dass es ein Haus gibt, in dem Du eine Wohnung für mich vorbereitet hast. (In Anlehnung an Johannes 14,12)
Danke, dass ich bei Dir bleiben darf, alle Tage meines Lebens und weit, weit, weit darüber hinaus, in alle Ewigkeit.

Und danke für die wunderbaren Menschen und Orte in meinem Leben, die mir ein vorübergehendes Zuhause schenken und mir einen Vorgeschmack darauf geben, was mit Dir möglich ist.
Danke, dass Du immer da warst und da bist, wo unser Leben nach Lebendigkeit, Freiheit, Liebe und Zuhause schmeckt.
Amen

Wem dienst du?

Wir werden zu dem, was wir erheben und anschauen.

Und:

Vor dem wir uns beugen, der kommt über uns.

Dies sind einfach zu verstehende Prinzipien, die wir uns viel zu selten bewusst machen.

Es ist gut, das eigene Leben immer mal wieder auf den Prüfstand zu stellen und zu schauen: Wen oder was erhebe ich eigentlich, wem oder was diene ich?

Manchmal dienen und verehren wir auch unbewusst, einfach deshalb, weil die Gesellschaft und Menschen um uns herum es tun und diese Haltung auf uns abfärbt.

Wir ehren Arbeit und den sich daraus ergebenden Status, wir dienen, ohne es zu erkennen, dem Geld und somit dem Mammon, wir feiern Markenkleidung, schicke Autos, die Top-Figur, das faltenfreie Gesicht und ja, sogar unsere Beweglichkeit kann zu einem Götzen, sprich falschen Gott werden. Einmal hörte ich eine Yoga-Lehrerin sagen, die in die ehrgeizige Runde die Worte warf: „Nur weil du gedehnter bist als deine Nachbarin, macht das dich nicht zu einem besseren Menschen."

Geschäftigkeit und Beschäftigtsein kann auch zu einem Stolperstein werden, auch und gerade dann, wenn man „für Gott busy ist" und die Arbeit höherstellt, als das offene Ohr und Herz und die Gemeinschaft mit ihm. Das gleiche gilt auch für den Battle auf der Karriereleiter oder den Wettstreit darum, wer nun die Bibel besser kennt und mit mehr Zitaten um sich werfen kann.

An dem Satz: „Wen der Teufel nicht verführen kann, den hält er beschäftigt" ist etwas Wahres dran.

Wir sind, egal wo wir stehen, nicht gefeit vor Verfehlung und Anbetung des Geschaffenen, statt des Schöpfers selbst.
Das kann so weit gehen, dass unser Partner, unsere Haustiere, ja sogar unsere Kinder an die Stelle treten, die nur Gott bestimmt ist. All das fällt unter den Begriff des Götzendienstes.
Es hat schon einen guten Grund, warum es Hierarchie gibt (griechisch für göttliche Ordnung) und alles seinen Platz hat.
Kinder, das weiß man heute, sind glücklicher, wenn sie wissen, dass ihre Eltern ihre Verbindung priorisieren. Es gibt ihnen Halt, Stabilität und Sicherheit und schützt nicht zuletzt vor Scheidung, der Albtraum eines jeden Kindes.

Beziehungen, Freundschaften und Ehe funktionieren nachweislich besser, wenn sämtliche Beteiligten wissen, dass der andere eine höhere Instanz, sprich Gott kennt, der Zuspruch, Halt, Liebe, Heilung und ein offenes Ohr schenkt.

Aus diesem Grund gilt in meiner Familie der Satz Josuas aus dem Buch Josua 24,15

„Ich und meine Familie werden jedenfalls dem Herrn dienen!"

Seitdem wir bei uns zu Hause bewusst so leben, gibt es eindeutig weniger Streit und Disharmonie, dafür mehr Gemeinschaft und Gemeinsamkeit, Warmherzigkeit, Offenheit und auch, spannenderweise, mehr Gesundheit, guten Schlaf und weitere Segnungen, auch im materiellen Sinne.

Gott verspricht uns reichen Segen, wenn wir ihn bedingungslos und immer wieder neu an die erste Stelle setzen. Das erste Gebot: „Ich bin der Herr, dein Gott, du sollst keine anderen Götter neben mir haben" fasst es in Worte und wird an anderen Stellen innerhalb der Bibel ständig wiederholt, zum Beispiel auch in 5. Mose 6,2-9:

„Euer ganzes Leben lang sollt ihr und eure Nachkommen Ehrfurcht vor dem HERRN, eurem Gott, haben. Befolgt seine Ordnungen und Gebote, die ihr von mir bekommt! Dann werdet ihr lange leben."

Sagt hier Mose zu seinem Volk.

„Hört also gut zu, ihr Israeliten, und richtet euch danach! Dann wird es euch gut gehen: Ihr werdet in einem Land wohnen, in dem es selbst Milch und Honig im Überfluss gibt, und dort zu einem großen Volk heranwachsen. Das hat euch der HERR, der Gott eurer Vorfahren, versprochen.
Hört, ihr Israeliten! Der HERR ist unser Gott, der HERR allein.
Ihr sollt ihn von ganzem Herzen lieben, mit ganzer Hingabe und mit all eurer Kraft.
Bewahrt die Worte im Herzen, die ich euch heute sage!
Prägt sie euren Kindern ein! Redet immer und überall davon, ob ihr zu Hause oder unterwegs seid, ob ihr euch schlafen legt oder aufsteht.
Schreibt euch diese Worte zur Erinnerung auf ein Band und bindet es um die Hand und die Stirn!
Ritzt sie ein in die Pfosten eurer Haustüren und Stadttore!"
(Hoffnung für alle)

Oder auch in den Evangelien, unter anderem im Matthäusevangelium, wo Jesus direkt dieses Gebot zitiert als Antwort auf die Frage eines Gesetzeslehrers:

Jesus antwortete ihm: Du sollst den Herrn, deinen Gott, lieben von ganzem Herzen, mit ganzer Hingabe und mit deinem ganzen Verstand.‹
Das ist das erste und wichtigste Gebot.

Ebenso wichtig ist aber ein zweites: Liebe deinen Mitmenschen wie dich selbst.

Alle anderen Gebote und alle Forderungen der Propheten sind in diesen beiden Geboten enthalten.

Matthäus 22,37-40 (Hoffnung für alle)

Wir alle sehnen uns in Zeiten des Chaos nach der Wiederherstellung einer guten Ordnung, in der jeder seinen Platz hat und Friede (Shalom) Einzug hält. Dieser Wunsch entsteht bei Krankheit, bei Unfrieden in Beziehung und Familie, finanziellen Herausforderungen und im weltpolitischen Geschehen.

Beginnen können wir immer wieder und erneut mit der Bitte an Gott um Wiederherstellung eben dieser göttlichen Hierarchie im eigenen Leben, gefolgt von der selbstkritischen Frage, wo wir Gott möglicherweise nicht an erste Stelle gesetzt haben und das ganze System in Unordnung geraten ist.

Semikolon – wenn nach dem Punkt der Satz weiter geht

Ein Semikolon ist, laut dem Duden (online, Stand 7.2024), ein

„...aus einem Komma mit darüber gesetztem Punkt bestehendes Satzzeichen, das etwas stärker trennt als ein Komma, aber doch im Unterschied zum Punkt den Zusammenhang eines [komplexen] Satzes verdeutlicht."

Das werden die meisten von uns aus unserer Schulzeit noch erinnern.

Manchmal helfen uns die Jungs der Nachbarn und deren Freunde beim Rasenmähen, Erde karren oder Holz sägen. An einem Sommertag, in T-Shirt und kurzen Hosen unterwegs, fiel mein Blick auf das Tattoo eines der Jungs. Neben einer großen Narbe prangte ein pechschwarzes Semikolon im XXL-Format.
Da ich gerne schreibe, war ich interessiert und fragte nach der Bedeutung des Kunstwerks.

Der junge Mann wurde nachdenklich und erklärte mir, dass es für Überlebende von Suizid stehe. „Ein Semikolon eben!", erklärte er mir und da ich nicht verstand, was er mir damit sagen wollte, erklärte er weiter:
„Das Semikolon steht für das Leben danach. Also wenn man nach dem finalen Punkt dann doch noch weiter macht. Das kommt von Schriftstellern, die eine Geschichte beendet haben und dann doch dem Ganzen noch etwas hinzufügen und aus dem Punkt ein Semikolon machen."

Ich nicke. „Dann hast du dich fürs Weiterleben entschieden!"

„Ja, ist nicht einfach, aber ich kämpfe mich durch."

Ein junger Mensch, ganz am Anfang seines Lebens, der bereits solche Kämpfe kämpfen muss...

Mein Postfach ist voll mit Mails von Menschen, die mir von traumatischen Erfahrungen erzählen, von Schmerzen, Hilflosigkeit, Angst und Ohnmacht. Und immer wieder auch dem Wunsch, zu sterben.

Seelische Verletzungen führen oftmals zu Depression.
Auf geistiger Ebene greifen Mächte und Gewalten Menschen an, laben sich an ihrer Lebenskraft, rauben Lebensfreude, Sinnhaftigkeit und das Gefühl der Gottverbundenheit.

Wenn der Satz nach dem finalen Punkt weiter gehen soll, bedarf es eines Kommas, das unter den Punkt gesetzt wird; so kann die Geschichte weitergeschrieben werden.

Das Komma erinnert mich von seiner Form her stark an den hebräischen Buchstabend „Yud" oder auch „Yod" ausgesprochen.
Achtung an alle Exegeten: Das ist natürlich eine *rein persönliche Interpretation*. Aber kann Gott nicht alles benutzen, um Seine Botschaft zu vermitteln?

Berührt von der Geschichte des jungen Mannes forsche ich nach. Was hat es mit diesem Yod auf sich?

Alles, was Gott besonders heilig und kostbar ist, beginnt mit einem „Yod", zum Beispiel

Sein eigener Name:
YHWH (ausgesprochen: Yodheyvavhey oder eingedeutscht: Jahweh, Jehova).

Der Name Seines Sohns:
Yeshua (Jesus)

Der Name Seines Landes:
Yisrael (Israel)

Der Name Seiner Stadt:
Yerushalayim (Jerusalem).

Das „Yod" ist heilig.
Und das Weiterschreiben (d)einer Geschichte ist es auch.

Das „Yod" ist der kleinste Buchstabe des hebräischen Alphabets („Alefbet") und gleichzeitig einer der Buchstaben, die am häufigsten vorkommen.

Aus dem Kleinsten entsteht, nach jüdischer Überlieferung, das Größte. Gott ist ein Gott der Wunder, der aus sehr wenig sehr viel machen kann. Dazu unter anderem die Geschichte aus dem Lukasevangelium:

Fünftausend werden satt:
Die zwölf Apostel kehrten zu Jesus zurück und erzählten ihm, was sie auf ihrer Reise getan hatten. Jesus nahm sie mit in die Stadt Betsaida. Dort wollte er mit ihnen allein sein.
Aber die Menschen merkten, wohin sie gegangen waren, und folgten ihm in Scharen. Er schickte sie nicht fort, sondern sprach zu ihnen über Gottes Reich und machte die gesund, die Heilung brauchten.
Es war spät geworden. Da kamen die zwölf Jünger zu Jesus und sagten:»Schick die Leute weg, damit sie in den umliegenden Dörfern und Höfen übernachten und etwas zu essen kaufen können. Die Gegend hier ist einsam!«

Jesus antwortete ihnen: »Gebt ihr ihnen zu essen!« »Aber wir haben nur fünf Brote und zwei Fische!«, entgegneten die Jünger. »Oder sollen wir etwa losgehen und für all die Leute Essen besorgen?«
Es hatten sich etwa fünftausend Männer um Jesus versammelt, außerdem noch viele Frauen und Kinder. »Sagt ihnen, sie sollen sich in Gruppen von ungefähr fünfzig Personen hinsetzen!«, ordnete Jesus an.
Und so geschah es.
Jesus nahm die fünf Brote und die beiden Fische, sah zum Himmel auf und dankte Gott. Er teilte Brot und Fische und reichte sie seinen Jüngern, damit diese sie an die Menge weitergaben.
Alle aßen und wurden satt. Als man anschließend die Reste einsammelte, da waren es noch zwölf volle Körbe.
Lukas 9,10-17 (Hoffnung für alle)

Wir, du und ich, können Gott das Wenige, was wir vielleicht noch haben, die letzte Kraft, mit der wir das Komma unter den Punkt zeichnen, hinhalten und Ihn bitten, unsere Geschichte, unser Leben weiterzuschreiben.

Das können wir auch in weniger dramatischen Situationen als die des jungen Mannes aus unserem Garten.
Laut Bibel brauchen wir dazu keinen übernatürlichen Glauben, keine außerordentliche Disziplin, sondern lediglich ein „Glaube so groß wie ein Senfkorn".
Gut zu wissen: Senfkörner sind mit die kleinsten Samenkörner überhaupt.

Jesus sagt in Lukas 17,6
„Wenn euer Glaube nur so groß wäre wie ein Senfkorn, könntet ihr zu diesem Maulbeerbaum sagen: ›Reiß dich mitsamt deinen Wurzeln aus der Erde und verpflanze dich ins Meer!‹ – es würde sofort geschehen."
(Hoffnung für alle)

Was ist deine Geschichte, die du für tot glaubst?
Der Traum, den du aufgegeben hast?
Die Hoffnung, die gestorben ist?
Der Haufen Scherben, der auf der Schaufel kurz davorsteht, in den Mülleimer gekippt zu werden?

Das „Yod", das du vielleicht mit letzter Kraft unter den Punkt der abgeschlossenen Geschichte setzt, hat Kraft, wenn du den Autor der Autoren, *den* Autor schlechthin, die Feder führen lässt.
Deine Hand mag müde sein, Seine ist es nicht.

Apropos Hand:
Das althebräische Symbol, mit dem das Yod dargestellt wurde, ist übrigens ein Arm mit Hand.
Der Arm Gottes. Oder auch „die Rechte Gottes".

Es gibt sehr viele Bibelstellen, in denen die Kraft Gottes mit Seinem „ausgestreckten" oder auch „erhobenen Arm" dargestellt und beschrieben wird.
In Jeremia 32,17 betet der Prophet:

»Ach, HERR, mein Gott, durch deine starke Hand und deine große Macht hast du den Himmel und die Erde geschaffen. Nichts ist dir unmöglich.
(Hoffnung für alle)

Und in Nehemia 1,10 betet der gleichnamige Mann, der bedeutend am Wiederaufbau der Stadtmauer Jerusalems nach dem babylonischen Exil (445 vor Christus) mitgewirkt hat:

„Sie sind ja deine Knechte und dein Volk, das du erlöst hast durch deine große Kraft und deine starke Hand."
(Elberfelder)

Gott schreibt mit Seiner Schöpferkraft, Seiner siegreichen Rechten, Seiner starken Hand, Seinem erhobenen Arm auch deine Geschichte weiter, fügt die Scherben zu einem noch schöneren Kunstwerk zusammen.

Gott sagt in Jesaja 41,10

„Fürchte dich nicht, denn ich bin bei dir. Sieh dich nicht ängstlich nach Hilfe um, denn ich bin dein Gott: Meine Entscheidung für dich steht fest, ich helfe dir. Ich unterstütze dich, indem ich mit meiner siegreichen Hand Gerechtigkeit übe."
(Neues Leben. Die Bibel)

Hör einmal genau hin... vielleicht meint Gott auch und gerade dich damit?

Er streckt dir die Hand aus.

Du musst nur noch ja sagen und sie ergreifen.

Freiheit in Finanzen – oder wenn der Marder kommt

Mal ehrlich, wer von uns hat schon Freude daran, kritisiert und zurechtgewiesen zu werden? Die meisten von uns nicht.

Es ist in der Regel im ersten Schritt unangenehm, korrigiert zu werden. Sicherlich kommt es auch auf den Ton und die Absicht des Kritisierenden an und darüber hinaus auch, wie gut wir selbst mit der Zurechtweisung umgehen können.

Ein Spruch aus der Bibel hat schon häufig für Empörung gesorgt, besonders dann, wenn man ältere Übersetzungen vor sich hat und den Spruch losgelöst von den Umständen und Lebensweisen zur Zeit der Niederschrift liest.

Wagen wir doch den Sprung ins kalte Wasser und nehmen gleich die ältere Schlachter Übersetzung, wo es in Sprüche 3, 11-12 heißt:

Mein Sohn, verwirf nicht die Züchtigung des HERRN und sei nicht unwillig über seine Zurechtweisung;
denn wen der HERR liebt, den züchtigt er, wie ein Vater den Sohn, an dem er Wohlgefallen hat.

Züchtigung ist nun wieder so ein Wort, dass in unserem heutigen Sprachgebrauch schwer annehmbar ist und dem wir in der Regel beim besten Willen nichts Positives abringen können. Dabei fiel in früheren Zeiten „Züchtigung" nicht nur unter Bestrafung (die es zweifelsohne auch war), sondern war ein Ausdruck von Interesse, also das Gegenteil von Gleichgültigkeit, Engagement und Investment der eigenen Zeit, Kraft und Energie in einen anderen Menschen.
Bevor du jetzt möglicherweise empört das Buch zuschlägst, lies doch einfach noch kurz weiter:

Wenn wir eine modernere Übersetzung zur Hand nehmen, zum Beispiel die „Neues Leben. Die Bibel", klingt es schon ganz anders:

Mein Sohn, lehne dich nicht dagegen auf, wenn der HERR dich zurechtweist, und lass dich dadurch nicht entmutigen.
Denn der HERR weist die zurecht, die er liebt, so wie ein Vater seinen Sohn zurechtweist, an dem er Freude hat.

Auch die „Hoffnung für alle" lässt sich leichter lesen und dadurch vielleicht auch annehmen:

Mein Sohn, wenn der HERR dich zurechtweist, dann sei nicht entrüstet und sträube dich nicht,
denn darin zeigt sich seine Liebe. Wie ein Vater seinen Sohn erzieht, den er liebt, so erzieht dich auch der HERR.
Denn darin zeigt sich seine Liebe. Wie ein Vater seinen Sohn erzieht, den er liebt, so erzieht dich auch der HERR.

Ich will ehrlich sein: Als der Herr mich einmal zurechtwies, war ich alles andere als erfreut, sondern entrüstet und gesträubt habe ich mich auch. Es dauerte, bis Seine Liebe für mich in dieser Situation erlebbar wurde.

Aber eines nach dem anderen:

Auf meiner Israelreise waren mir die verschiedensten Menschen begegnet, darunter auch eine junge Amerikanerin, die erzählte, wie Menschen, die die Mühe einer solchen Reise auf sich genommen hätten, im Anschluss reichen Segen erfahren hätten, in geistiger, aber auch in materieller Hinsicht. Ich nahm das zur Kenntnis, erlebte aber in Folge meiner Israelreise, besonders im finanziellen Bereich, genau das Gegenteil:

Plötzlich fing es an zu kriseln, ganz gewaltig sogar, in verschiedensten Lebensbereichen. Es kriselte, rieselte und bröckelte; wackelte, brach ein und hinterließ einen großen Haufen Schutt.

Da waren auf einmal Nachzahlungen von Krankenkasse und Finanzamt, Kunden, die ihre Rechnungen nicht bezahlten und einfach von der Bildfläche verschwanden, dazu kaum Interessenten an neuen Ausbildungen und Seminaren, die sonst immer voll gewesen waren...

Ich verstand die Welt nicht mehr!

Was sollte das?! Was hatte ich falsch gemacht? Warum wurde ich so angegriffen? Warum ließ Gott das zu?

Es dauerte Monate, bis sich das ganze Bild vor mir entfaltete.
Aber erst einmal ging es weiter bergab.

Über die Weihnachtsfeiertage – ich war im lange im voraus gebuchten Urlaub im europäischen Ausland – verabschiedete sich plötzlich mein Laptop, mein Arbeitsmittel Nummer eins, und als ich nach Hause kam, sprang mein Auto nicht mehr an. Die Hoffnung, dass die Batterie die winterliche Kälte nicht überlebt hatte, verpuffte, als ich die Motorhaube öffnete und das wütende Werk eines Marders vorfand, der sämtliche Kabel zerbissen und ein Chaos ohne gleichen hinterlassen hatte. Totalschaden der Kabellage und eine hohe Rechnung, für die sämtliche finanzielle Ressourcen fehlten.
Ohne Auto ist man langfristig auf dem Land ziemlich isoliert.

Diese Beschneidung und Zurechtweisung fühlten sich alles andere als gut an, zumal Anfang des Jahres eine weitere Steuerzahlung ins Haus stand und meine Konten nichts dergleichen hergaben.
Das war die Zeit, in der ich begann, einen Bibelvers, den ich aus einem Lied kannte, vor mich hinzusagen, noch gar nicht in dem Bewusstsein, dass Proklamieren (lateinisch für „laut ausrufen, schreien, verkünden") eine wichtige Strategie geistiger Kampfführung ist.

Der Liedtext ging folgendermaßen:
„I will lend but not borrow" (Ich werde verleihen, aber selbst nichts leihen müssen).

Irgendwann kam ich auf die Idee, den Satz einmal im Kontext zu lesen:

Der HERR wird euch seine Schatzkammer, den Himmel, aufschließen und eurem Land zur richtigen Zeit Regen schicken. Alle eure Arbeit lässt er gelingen, so dass ihr Menschen aus vielen Völkern etwas leihen könnt und selbst nie etwas borgen müsst.
5. Mose 28,12 (Hoffnung für alle)

Von geöffneten Schatzkammern keine Spur, meine Arbeit gelang auch nicht wirklich. Oder doch? Ganz im Verborgenen wuchs etwas Neues heran, aber noch so klein, dass es vom Schatten meiner finanziellen Krise überlagert war.

Also klammerte ich mich an diesen Liedtext und wenn ich weitere Rechnungen bekam und um Aufschub bitten musste oder gar meine Bank mir Angebote für Kredite schickte, beantwortete ich sie innerlich mit: „I will lend but not borrow!"

Ich fragte mich, wer sinnbildlich „der Marder" in meinem Leben war, der mich lahmlegte. Und bat Gott um Antworten und Hilfe.

Plötzlich hatte ich den Impuls, einen Autohändler anzurufen, der mir immer geholfen hatte. Er riet mir, einmal nachzuschauen, ob meine Autoversicherung einen Marderschutz beinhalte. Auf diese Idee wäre ich nicht gekommen. Ich tat, wie er mir aufgetragen hatte, und empfand es wie ein Wunder, als die Versicherung tatsächlich den Schaden übernahm und ich wieder mobil war.

Eines Tages stolperte ich über den oben zitierten Spruch über Gottes Zurechtweisung als Zeichen Seiner Liebe und las dazu:

Ehre den HERRN mit dem, was du hast; schenke ihm das Beste deiner Ernte.
Dann wird er deine Vorratskammern füllen und deine Weinfässer überfließen lassen.
Sprüche 3, 9-10 (Hoffnung für alle)

Ich hielt inne. Nein, das tat ich bislang nicht. Ich wollte volle Vorratskammern und war auch bereit, dafür zu arbeiten, auch hart, aber dem Herrn das Beste meiner Ernte schenken, das tat ich bisher nicht.
Zumindest nicht in finanzieller Hinsicht
Zwar hatte ich Patenkinder in Südamerika, gab Bittenden vor dem Supermarkt und unterstützte Freunde, aber dabei war es auch immer geblieben.

Und weiter ging es:
Neue Freunde, die ebenfalls mit Jesus unterwegs waren, wiesen mich auf eine Stelle im Buch Maleachi (3,10), eines Propheten des Alten Testaments, hin, in der Gott den Menschen anhält, Ihn direkt herauszufordern und sogar zu testen. Ich las:

Ich, der HERR, der allmächtige Gott, fordere euch nun auf: Bringt den zehnten Teil eurer Erträge in vollem Umfang zu meinem Tempel, damit in den Vorratsräumen kein Mangel herrscht! Stellt mich doch auf die Probe und seht, ob ich meine Zusage halte! Denn ich verspreche euch, dass ich dann die Schleusen des Himmels wieder öffne und euch überreich mit meinem Segen beschenke.
(Hoffnung für alle)

Ich entschied mich, mit dem Geben anzufangen und Gott auf die Probe zu stellen und begann mit dem, was ich geben konnte. Es dauerte nicht lange, und ich erhielt, von unbekannter Seite, über Paypal 400 € überwiesen. Ich fiel aus allen Wolken. Konnte das sein?

In meiner christlichen Kleingruppe, die ich in der Zwischenzeit besuchte, halfen mir die anderen Teilnehmerinnen in diesem Prozess, einige waren diesen Weg bereits gegangen und unterstützten und ermutigten mich. Bald wurde aus dem „Fünften" der „Zehnte", und die Dinge und finanzielle Lage entspannten sich zunehmend.

Besonders stark sprach auch der weitere Vers aus Maleachi 3,11 zu mir, in dem es heißt:

Ich lasse es nicht mehr zu, dass Heuschreckenschwärme eure Felder und Weinberge kahl fressen und euch die Ernte verderben.
(Hoffnung für alle)

Genau das hatte ich erlebt!
Noch klarer brachte es für mein Empfinden die Elberfelder Übersetzung auf den Punkt:

Und ich werde um euretwillen den Fresser bedrohen, damit er euch die Frucht des Erdbodens nicht verdirbt und damit euch der Weinstock auf dem Feld nicht fruchtlos bleibt, spricht der HERR der Heerscharen.

Den Fresser bedrohen, das wollte ich, denn er fraß ja im wahrsten Sinne des Wortes unter anderen in Form des Marders an meinen Ressourcen und brachte mich um den Genuss meiner Ernte.

Es würde zu weit führen zu beschreiben, was alles auf diesem Weg passierte, aber es folgten Wunder auf Wunder.
Wiederherstellung passierte, und sie war, wie Gott es in Seinem Wort verspricht, um ein Vielfaches höher als das, was ich verloren hatte – auf allen Ebenen.

Ich entschied mich, Menschen, die mich finanziell betrogen hatten, zu verzeihen und entließ manch einen aus bestehenden Verträgen, legte mein damaliges Ausbildungsinstitut in die Hände Gottes sowie andere Bereiche meines Lebens. Irgendwann stand ich da, mit leeren Händen, die aber nicht lange leer blieben.

Finanziell ging es aufwärts, Kurse füllten sich wieder, mühelos und in Leichtigkeit, Menschen fühlten sich aufgerufen, mich finanziell zu unterstützen, und Gott legte mir den Wunsch ins Herz, Theologie zu studieren. Ich fing an, Seminare zu belegen, die mich im praktischen Glauben weiterbrachten und sog alles auf, was ich kriegen konnte. Ich wollte verstehen, sprachfähig werden, Wissen praktisch anwenden lernen und in meiner Identität und damit auch Autorität als „Kind Gottes" wachsen.

All diese Wünsche erfüllten sich mir und ich lernte Dinge, die ich, wenn Gott nicht die Schere der Beschneidung angelegt hätte, so wohl nie kennen gelernt hätte.

Rückblickend – und ist es nicht immer so, dass wir im Nachhinein schlauer sind? – kann ich Seine Güte und Liebe in den schwierigen Zeiten erkennen und finde Beispiele in meinem Alltag, wo ich aus Liebe und Fürsorge heraus andere beschneide, zum Beispiel einen meiner Hunde, der nach einer OP ungeachtet der frischen Narbe liebend gern übers Feld rennen würde und den ich stattdessen an der Leine im Schneckentempo führe, trotz seines großen Protestes.

Liebe ist nicht immer die Erfüllung unseres Wunsches, davon können Eltern ein Lied singen. Und Gott auch.

Winzer beschneiden ihre Weinstöcke nur aus einem einzigen Grund: Damit sie mehr Furcht hervorbringen und definitiv nicht, um sie gar zu „verstümmeln". Das Gleiche tut Gott.

Ich wünsche mir, in Zukunft die korrigierende Hand Gottes schneller zu erkennen und Seine Zurechtweisung anzunehmen, in dem Wissen und Vertrauen, dass Seine Perspektive eine andere ist als die meine und Er es mehr als gut mit mir meint.

Und das ist auch mein Gebet für dich.

Freundschaften

Freundschaften und gute zwischenmenschliche Verbindungen sind so, so wichtig – damit sage ich dir mit Sicherheit nichts Neues.

Als Trauma-Therapeutin und Beraterin, aber einfach auch als Mensch unter Menschen habe ich über die Jahre und Jahrzehnte hinweg beobachtet, dass Menschen, die keine tiefen sozialen Bindungen haben, deutlich mehr Gefühlsstau und Redebedarf haben, leichter in die Selbst- und Fremdbeurteilung und -verurteilung gehen und ihr Stresslevel durchweg ein höheres ist.

Gerade wir Frauen lieben und leben auf in Gemeinschaft (was Männer nicht ausschließt und auch für die Menschen gilt, die gerne und viel allein sind).

Betroffene von interfamiliärem Trauma benötigen aufgrund der gemachten Erfahrungen meist deutlich mehr Nestwärme und emotionale Nachnährung als andere, wenngleich es ihnen am schwersten fällt, diese aufgrund der gemachten Erfahrung anzunehmen bzw. sich überhaupt für diese zu öffnen.

An diese Stelle kommen dann oft TherapeutInnen und Coaches ins Spiel, die gewissermaßen „bezahlte Freundschaften" sind, wie es eine meiner Klienten einmal nannte.

Ich hoffe, du hast gute Freunde. Menschen, die für dich da sind und für die du da sein darfst. Menschen, mit denen du lachen, weinen, feiern und tanzen, aber auch still beieinandersitzen, nachdenklich, frustriert, traurig und wütend sein kannst. Solche Freundschaften sind wahre Geschenke und etwas, was gehegt und gepflegt werden will. Freundschaft ist auch Investition der eigenen Zeit, Kraft, Geduld und Fürsorge.

Über die Jahre hinweg habe ich in meinem Leben und im Leben der Menschen, die ich privat und beruflich begleiten durfte, folgendes festgestellt:

Es gibt etwas, was wertvoller ist als die beste Freundschaft!

Was mag das sein?, fragst du dich.
Freundschaft mit Gott, vielleicht?

Definitiv ja!

Aber da gibt es noch etwas, was du brauchst, wenn dein Glaube und damit auch deine Freundschaft mit Gott herausgefordert sind, weil du leidest, die Welt nicht mehr verstehst, dich verletzt von Gott und der Welt zurückgezogen hast und vor Schmerz und Einsamkeit, dem Gefühl des Verratenseins, der Verlassenheit und Verzweiflung nicht mehr ein noch aus weißt.

Hiob ist ein Mann in der Bibel, der großes Leid erlebte. Vielleicht kennst du seine Geschichte. Gott ließ zu, dass das Böse ihm alles nahm, was ihm lieb und teuer war: Zuerst seine Tierherden, dann seine Kinder, sein Hab und Gut und zuletzt sogar seine Gesundheit. Er hatte nichts mehr.
Seine Freunde, die treu an seiner Seite standen, schienen irgendwann mit der Wucht des Leids überfordert und begannen, ihm gut gemeinte Tipps und Ratschläge zu geben oder kamen mit Begründungen, warum Hiob das Leid träfe und er letztendlich selbst seine Misere zu verantworten hätte.
Sie trieben Hiob damit immer weiter in die Verzweiflung und waren alles andere als eine Hilfe.
Zum Glück hielt Hiob an Gott fest, der ihn am Ende rettet, ihm auftrug, seinen Freunden zu verzeihen, und ihm alle seine Verluste in großem Maße wieder herstellte.
Die Geschichte von Hiob ist mitunter schwer zu lesen und zu ertragen. Es schmerzt zu sehen, wie Hiob leidet und er von seinen Freunden im Stich gelassen wird.
Ich denke manchmal, sie waren schlichtweg überfordert und wussten nicht weiter.

Überforderung und vor allem auch Ohnmacht sind der modernen Psychologie nach die mit am schwersten auszuhaltenden Gefühle für uns Menschen. Sie werden dunkler eingestuft als Wut und Verzweiflung. Nach ihnen kommen nur noch seelisches Dichtmachen, Gefühlslosigkeit und Dissoziation.

Hiobs Freunde taten viel. Ich möchte glauben, dass sie alles gaben. Aber das Entscheidende fehlte. Als sie am Ende der Fahnenstange ihrer Weisheit angekommen waren, war es vorbei.

Anders hingegen erging es einem gelähmten Mann, dessen Geschichte im Neuen Testament von drei Autoren beschrieben wird.

Lukas 5,18-19
Da brachten einige Männer einen Gelähmten auf einer Trage. Sie versuchten, den Kranken ins Haus zu bringen und ihn vor Jesus niederzulegen.
Aber sie kamen an den vielen Menschen nicht vorbei. Kurz entschlossen stiegen sie auf das Dach und deckten einige Ziegel ab. Durch diese Öffnung ließen sie den Mann auf seiner Trage hinunter, genau vor Jesus.
(Hoffnung für alle)

Wir wissen nicht, wie lange er schon gelähmt war, ob er schon längere Zeit auf die Hilfe anderer angewiesen war und wie sehr er litt. Aber die Tatsache, dass die Männer, die ihn trugen, sich nicht von den Menschenmassen vor dem Haus abschrecken ließen, ihn auf der Trage auf das Dach des Hauses hievten, das Dach auch noch abdeckten und ihn auf seiner Trage herunterließen, spricht Bände.

Wer nimmt so etwas auf sich? Nur gute Freunde!

Aber es geht weiter im Text:

Als Jesus ihren festen Glauben sah, sagte er zu dem Gelähmten:
»Deine Sünden sind dir vergeben!«

Wessen Glauben sah Jesus?

Auch im Markusevangelium 2,5 finden wir diese Beschreibung:

Als Jesus ihren festen Glauben sah, sagte er zu dem Gelähmten:
»Mein Sohn, deine Sünden sind dir vergeben!«
(Hoffnung für alle)

Und auch Matthäus beschreibt ihren Glauben, nicht nur den Glauben des Gelähmten, den Jesus dazu veranlasste, ihn zu heilen:

Jesus stieg in ein Boot und fuhr über den See zurück nach
Kapernaum, wo er wohnte.
Dort brachten sie einen Gelähmten auf einer Trage zu ihm. Als Jesus
ihren festen Glauben sah, sagte er zu dem Gelähmten: »Du kannst
unbesorgt sein, mein Sohn! Deine Sünden sind dir vergeben.«
Matthäus 9, 1-2 (Hoffnung für alle)

Gute Freunde tun alles für dich, wenn du in Not bist.
Sie scheuen keine Kosten und Mühen.
Und: Sie bringen dich zu dem einen, der wirklich helfen und heilen kann. Sie bringen dich zu Jesus.

Und die Geschichte geht weiter:

Und er (Jesus) forderte den Gelähmten auf: »Steh auf, nimm deine
Trage und geh nach Hause!«
Sofort stand der Mann vor aller Augen auf, nahm die Trage, auf der er
gelegen hatte, ging nach Hause und dankte dabei Gott.
Alle waren fassungslos und lobten Gott. Voll Ehrfurcht riefen sie: »Wir
haben heute Unglaubliches gesehen!«
Lukas 5, 24-26 (Hoffnung für alle)

Ich kann mir vorstellen, dass rein menschlich gesehen die vier Freunde auch überfordert und am Ende ihres ganz persönlichen Lateins waren. Dass sie sich ohnmächtig fühlten, weil sie ihrem Freund möglicherweise schon über Jahre hinweg nicht hatten helfen können. Vielleicht waren sie auch genervt und gereizt, weil sie das Gejammer des Freundes nicht mehr ertragen konnten. Wer weiß das schon?

Da, wo sie selbst nicht weiterwussten, kannten sie aber einen, der da weiter machte, wo sie aufhörten.

Als Freundin, Therapeutin, Coach und Mentorin bin ich dankbar, dass da, wo ich nicht weiter weiß, jemand kenne, der weiter macht. Es steht und fällt eben nicht mit mir. Diese Last könnte ich, können wir Menschen gar nicht tragen.
Aber es gibt einen, der kann sie tragen und der trägt sie, der kennt nicht nur den Weg, der ist der Weg.

Gute Freunde bringen dich zu Jesus.

Gute Freunde glauben für dich, wenn du nicht mehr glauben kannst. Und, so zeigt es diese Geschichte, Jesus schaut auf den Glauben der Freunde und nimmt ihn zum Anlass, den Gelähmten frei zu sprechen und zu heilen.

Was heißt das praktisch für dich und mich?

Es ist gut, Freunde zu haben, die einen zu Jesus bringen, wenn es brennt. Die für einen glauben. Die für und mit einem beten.

Ich habe solche Freunde, nicht viele, aber einige, und es werden mehr. Sie waren nicht einfach plötzlich da, ich habe mich aufgemacht, sie zu suchen.

Kirchen bieten sogenannte Kleingruppen oder Smallgroups an, denen man sich anschließen kann, auch online. Gruppen, in denen Jesus im Mittelpunkt steht und du mit anderen betest oder beten lernst.

Es sind Menschen, die dich im Falle des Falls zu Jesus tragen, wenn du die Kraft nicht mehr hast oder dir die Worte für ein Gebet fehlen. Es sind Menschen, mit denen du gemeinsam auch andere zu Jesus trägst, wenn sie nicht mehr können. Menschen, mit denen du gemeinsam im Glauben wächst, für die du im Glauben eintrittst und die im Glauben für dich eintreten.

Solche Gruppen sind nicht nur Balsam für die Seele und regulierend für die Psyche, sie können lebensrettend sein und den Unterschied machen, ob ein Leben nach Lebendigkeit oder Tod schmeckt.

Wie bringt man Menschen zu Jesus?

Es gibt sicher viele Wege wie den eines offenen Ohrs, eines offenen Herzens, Großzügigkeit in Zeit und Energie, Gebet und Fürbitte. Entscheidend ist, meiner Erfahrung nach, der letzte Schritt: Für jemanden zu bitten, zu beten und zu glauben und ihn im Gebet zu tragen.

Und: Nicht nur *für* ihn, sondern auch *mit* ihm zu beten, an seiner Seite. Mit den geistigen Augen mit ihm zu schauen, was Jesus tut, mit den geistigen Ohren zu hören, was Jesus ihm sagen will.

Gemeinsam ist das meist leichter als allein, wenn die geistigen Augen vor Tränen getrübt oder gar blind geworden sind und sämtliche Ohren verschlossen.

Mit anderen im Gebet einzustehen ist die ultimative Waffe.

Meine Freunde in Jesus sind – zum Glück – weder therapeutisch noch beraterisch geschult, oder sie können diese Fähigkeiten bewusst zurückstellen. Sie vertrauen auf einen, auf Jesus. Und deshalb vertraue ich mich ihnen an.

Sie geben mir keine Tipps, keine Coaching Tools oder therapieren mich womöglich, sie beten, sie öffnen ihre geistigen Sinne, sie schauen und hören gemeinsam mit mir und ermutigen mich, mein Herz bei Jesus auszuschütten. Sie ebnen den Weg im Gebet für mich, manchmal tragen sie mich auch und decken Dächer ab, um mich direkt vor Jesu Füße zu legen. Er ist es dann, der mich umarmt, mir vergibt, der mich heilt, der mich wieder gehen lässt.

Er ist es, dem sich mein verletztes Herz angstfrei öffnet, in der Gewissheit, dass ich ihn nicht überfordere, nicht langweile, ihm nicht zu anstrengend bin, ihn nicht triggere. Er nimmt mir die Last, ohne dass ich mich um Ihn sorgen müsste, er hat immer Zeit und ein offenes Herz.

In diesem Wissen trage ich im Gegenzug auch meine Freunde zu Jesus. Angstfrei, gelassen, voller Vorfreude auf das, was geschehen wird! Ich muss dazu nicht einmal in meine Therapeutenrolle schlüpfen und eine Last tragen, unter der ich zusammenbrechen würde. Ich geleite oder trage sie zu dem, der der Mastercoach ist, die Koryphäe unter den Therapeuten, der Chefarzt, der Top-Berater in Geld-, Ehe-, Gesundheits- und Lebensfragen schlechthin.

Wenn du dir solche Freunde wünschst, mach dich auf den Weg, sie zu suchen. Werde selbst so ein Freund oder Freundin und bitte Gott, dir Menschen zu schicken, die Freundschaft nicht nur mit Menschen, sondern auch mit Ihm selbst leben.

Wenn du Jesus bittest, wird Er dir den Weg zu eben diesen Menschen weisen. Es ist Gottes Wille, dass wir Gemeinschaft haben. Schon ganz am Anfang der Bibel im Alten Testament sagt Gott, nachdem er Adam erschaffen hat (1. Mose 2,18):

»Es ist nicht gut, dass der Mensch allein ist. Ich will ihm jemanden zur Seite stellen, der zu ihm passt!«
(Hoffnung für alle)

Wir können uns auf diese Verheißung stellen und Gott bitten, diese Zusage in unserem Leben wahr werden zu lassen.

True Vision – wahre Vision

Vor vielen Jahren fuhr ich in der Pause meiner Arbeit als Trauma-Therapeutin zwischen zwei Beratungsgesprächen mit dem Auto über Land zum Einkaufen. Ich hörte Musik und dachte dabei an meinen verstorbenen Vater. Nichts Bestimmtes, nur dass ich ihm das Beste wünschte, dort, wo er jetzt wäre.
Vielleicht hätte man es „vergeben" nennen können...
Ich dachte bei mir, dass ich ihm nichts Böses wünsche, keine Rache, keine Anklage. Es waren keine bestimmten Gedanken, konkrete Ereignisse, die ich vor Augen hatte, sondern ein allgemeines Gefühl von Freiheit schenken und Loslassen.

Während ich über die abgelegene und ruhige Landstraße fuhr, hatte ich plötzlich den Eindruck, der Himmel öffne sich um mich herum. Dort, wo Wolken und die Sonne waren, zeigte sich etwas, das ich wie eine goldene Stadt beschreiben würde. Sie war durchflutet von einem hellen, goldenen Licht, das von überall her zu kommen schien, und eine Musik, die ich nur als himmlisch beschreiben kann, war überall zu hören. Eine helle, reine Freude überstrahlte alles und ergriff mein Herz. Sie war riesig.

Ich fuhr langsamer und drehte den Kopf, um so viel wie möglich sehen zu können. Goldene Straßen, eine unbeschreibliche Schönheit und Harmonie.
Eigentlich mag ich Städte nicht, sie sind mir zu trubelig, laut und voll. Diese Stadt aber strahlte Ruhe, Weite und Frieden aus, wie ich es nur von einsamen Landstrichen kenne.

Mein Inneres weitete sich, und ich sog die Schönheit ein. Eines war klar: Dort wohnt Gott. Diese Stadt ist heilig.

Einordnen konnte ich das Gesehene nicht. Aber es stärkte und erhellte mich innerlich. Ich wusste, es war ein großes Geschenk, das sehen zu dürfen, und gleichzeitig fühlte es sich auf seltsame Weise „sehr normal" an.

„Zu Hause eben", dachte ich und wusste wieder einmal: Er ist bei mir. Ich werde gesehen. Begleitet. Und: Ich bin geliebt.

Dann verblasste die Stadt langsam vor meinen Augen, die himmlischen Klänge wurden leiser, und die Musik in meinem Auto drang wieder an mein Ohr.

Mein Vater war zu Lebzeiten Architekt gewesen und besaß eine große Liebe zu Städten. War das eine Verbindung?
Ich weiß es nicht.

Erst Jahre später, als ich begann, in der Bibel zu lesen, stolperte ich über folgende Stelle in der Offenbarung, dem letzten Buch der Bibel:

Gottes Geist ergriff mich und führte mich auf einen großen, hohen Berg. Dort zeigte er mir die heilige Stadt Jerusalem, wie sie von Gott aus dem Himmel herabkam. Die Stadt erstrahlte im Glanz der Herrlichkeit Gottes. Sie leuchtete wie ein Edelstein, wie ein kristallklarer Jaspis.
Offenbarung 21,10 und 11 (Hoffnung für alle)

Die Stadt braucht als Lichtquelle weder Sonne noch Mond, denn in ihr leuchtet die Herrlichkeit Gottes, und ihr Licht ist das Lamm.
Offenbarung 21, 23 (Hoffnung für alle)

Und auch bei dieser Stelle in Johannes 14,1-4 musste ich direkt an die Stadt dieser Vision denken, die, obwohl sie die deutliche Erscheinung einer Stadt hatte, mir irgendwie auch wie ein großes Haus, sprich Zuhause vorkam:

»Seid nicht bestürzt und habt keine Angst!«, ermutigte Jesus seine Jünger. *»Glaubt an Gott und glaubt an mich!*
Denn im Haus meines Vaters gibt es viele Wohnungen. Sonst hätte ich euch nicht gesagt: Ich gehe hin, um dort alles für euch vorzubereiten.
Und wenn alles bereit ist, werde ich zurückkommen, um euch zu mir zu holen. Dann werdet auch ihr dort sein, wo ich bin.
Den Weg dorthin kennt ihr ja.«
(Hoffnung für alle)

Jesus nennt Seine Apostel und somit auch uns, dich und mich, in Johannes 15,15 Seine Freunde:

Ich nenne euch nicht mehr Diener, weil ein Herr seine Diener nicht ins Vertrauen zieht. Ihr seid jetzt meine Freunde, denn ich habe euch alles gesagt, was ich von meinem Vater gehört habe.
(Neues Leben. Die Bibel)

Freunden schenkt man Vertrauen. Und: Man vertraut ihnen Geheimnisse an!
Das betont Gott selbst im Buch Jeremia 33,1-3, wo Er zu Seinem Propheten Jeremia sagt:

Während Jeremia im Wachhof gefangen gehalten wurde, redete der HERR ein zweites Mal mit ihm:
»So spricht der HERR, der allmächtige Gott, der bewirkt, was er will, und lenkt, was er geplant hat:
Rufe zu mir, dann will ich dir antworten und dir große und geheimnisvolle Dinge zeigen, von denen du nichts weißt!
(Hoffnung für alle)

Ich spreche dir zu, liebe Leserin, lieber Leser, dass Gott dich Seine Freundin und Seinen Freund nennt und dir große und geheimnisvolle Dinge zeigen möchte und zeigen wird, von denen du jetzt noch nichts weißt!

Er hat durch Seinen Propheten Joel uns Menschen versprochen, Seinen Heiligen Geist über uns auszuschütten. Lass uns einmal gemeinsam lesen:

Gott verheißt seinen Geist
»Wenn dies geschehen ist, will ich, der Herr, alle Menschen mit meinem Geist erfüllen. Eure Söhne und Töchter werden aus göttlicher Eingebung reden, die alten Männer werden bedeutungsvolle Träume haben und die jungen Männer Visionen;
ja sogar euren Sklaven und Sklavinnen will ich in jenen Tagen meinen Geist geben.
Joel 3,1 (Hoffnung für alle)

Ich glaube, es ist Zeit, einmal mehr dieses Versprechen anzunehmen und sich auf diese Zusage zu stellen.

Schlussworte

Wie oft lassen wir in unserer Menschlichkeit zu, dass uns Dinge, die wir tun, definieren. Wir empfinden Freude an unseren „Werken", die vielfältigster Natur sein können, und das dürfen wir auch. Gott selbst betrachtete Seine Schöpfung (1. Mose 1,31) am sechsten Tag und sagt:

Gott sah alles an, was er gemacht hatte: Und siehe, es war sehr gut. Es wurde Abend und es wurde Morgen: der sechste Tag. (Einheitsübersetzung)

Und weiter heißt es im nächsten Kapitel (1. Mose 30,1-3):

So wurden Himmel und Erde und ihr ganzes Heer vollendet.
Am siebten Tag vollendete Gott das Werk, das er gemacht hatte, und er ruhte am siebten Tag, nachdem er sein ganzes Werk gemacht hatte.
Und Gott segnete den siebten Tag und heiligte ihn; denn an ihm ruhte Gott, nachdem er das ganze Werk erschaffen hatte.

Und so dürfen auch wir ruhen, nachdem wir unser Werk vollbracht haben, und darauf hoffen, dass Gott unsere Arbeit segnet.

Manche von uns dürfen lernen, genau eben diese beschriebenen Phasen zu durchleben und die Früchte der Arbeit zu genießen. Und dann gilt es wieder, sich vor Augen zu führen, was Gott in Jeremia 9, 22-23 sagt:

Ich, der HERR, sage: Ein Weiser soll nicht stolz sein auf seine Weisheit, der Starke nicht auf seine Stärke und ein Reicher nicht auf seinen Reichtum.

Nein, Grund zum Stolz hat nur, wer mich erkennt und begreift, dass ich der HERR bin. Ich bin barmherzig und sorge auf der Erde für Recht und Gerechtigkeit. Denn daran habe ich Gefallen! Mein Wort gilt!
(Hoffnung für alle)

Man kann immer von zwei Seiten vom Pferd fallen.

Paulus beruft sich in seinem zweiten Brief an die Korinther auf diese Bibelstelle und sagt:

Es heißt doch: »Wenn jemand auf etwas stolz sein will, soll er auf das stolz sein, was Gott für ihn getan hat!«
Niemand ist schon deshalb ein bewährter Diener Gottes, weil er sich selbst empfiehlt. Entscheidend ist, dass Gott ihm ein gutes Zeugnis ausstellt.
2. Korinther 10,17 (Hoffnung für alle)

In diesem Sinne durfte ich beim Schreiben dieses Buches lernen, dass es nur auf die Bewertung eines Lesers ankommt, nämlich Gott selbst.
Im Menschlichen birgt es immer ein gewisses Risiko, Persönliches öffentlich zu machen. Lesende fühlen sich im besten Falle inspiriert und ermutigt, in anderen Fällen aber eben auch provoziert, genervt und vieles mehr.

Gott hat mir aufs Herz gelegt, Teile Seiner Geschichte mit mir aufzuschreiben und mit anderen zu teilen, und auch wenn es für mich herausfordernde Momente dabei gab, wollte ich dennoch diesem Ruf folgen und treu sein.

In der Apostelgeschichte sagen Petrus und andere Apostel zu ihrer Verteidigung vor Gericht in Jerusalem:

„Man muss Gott mehr gehorchen als den Menschen."
Apostelgeschichte 5,29 (Hoffnung für alle)

Dem schließe ich mich an.

Gott will Geschichte mit uns schreiben, und das Einzige, worauf wir stolz sein dürfen laut 2. Korinther 10,17 sind genau die Werke Gottes, die großen, wie Seine Erlösungstat am Kreuz und die kleinen in unserem Leben:

Es heißt doch: »Wenn jemand auf etwas stolz sein will, soll er auf das stolz sein, was Gott für ihn getan hat!«
(Hoffnung für alle)

Gott will Geschichte mit dir schreiben, liebe Leserin, lieber Leser. Mit dir!
Er will Seiten füllen mit dem, was Er in deinem Leben getan hat, tut und noch tun wird!
Und es werden so viele wunderbare Geschichten sein, dass sie Bücher über Bücher füllen könnten!
So viele, dass die Welt keinen Platz hätte, diese Bücher von uns allen zu beherbergen!

Johannes endet sein Evangelium, das er um 90-110 nach Christus schrieb, mit folgenden Worten:

Schlusswort
Noch vieles mehr hat Jesus getan. Aber wollte man das alles eins nach dem anderen aufschreiben – mir scheint, es wäre wohl auf der ganzen Welt nicht genügend Platz für die vielen Bücher, die dann noch geschrieben werden müssten.
Johannes 21,25 (Hoffnung für alle)

Wie viel mehr Geschichten und somit Bücher hat Jesus seitdem noch mit Menschen geschrieben? Schreibt sie gerade mit dir und mir und wird sie mit künftigen Generationen schreiben?

Eines steht fest: Gottes Geschichte mit uns ist eine Geschichte großer Freundschaft, Zuneigung und Liebe.

Seine Geschichte mit dir ist eine Liebesgeschichte.
Beginne, sie zu lesen und teile sie sogar mit anderen Menschen, damit auch sie Gott nicht nur kennen und um Ihn wissen, sondern Ihm immer mehr vertrauen.

Wie kann es für mich weiter gehen?

Das ist vielleicht eine Frage, die du dir nach dem Lesen dieses Buches stellst. Die Saat, die beim Lesen möglicherweise in dich gelegt wurde, möchte aufgehen. Das Pflänzchen, das gewachsen ist, Frucht tragen.

Auch ich stelle mir diese Frage immer wieder und richte sie an Gott mit der Bitte:

HERR, zeige mir, welchen Weg ich einschlagen soll, und lass mich erkennen, was du von mir willst!
Psalm 25,4 (Hoffnung für alle)

Wenn du am Anfang deiner Reise mit Gott stehst oder einfach mehr wissen möchtest, empfehle ich sogenannte „Jüngerschafts-Programme". Dies kann beispielsweise ein Alpha Kurs sein, der von verschiedensten Kirchen und auch online angeboten wird. Die drei Jüngerschafts-Schritte des ICF Movement (auch online im ICF München) haben mir persönlich geholfen. Viele lokale Gemeinden bieten Glaubens- und Bibelkurse an und in der Regel sind die Türen für alle Interessierte offen. Mein Glaubensgrundkurs „El Shaddai - die Rückkehr zur Quelle" steht im Mitgliederbereich meines YouTube Kanals.

Vielleicht bist du aber auch schon lange mit Gott unterwegs und der nächste Schritt sieht ganz anders aus, zum Beispiel, Herz und Haus für andere zu öffnen, damit sie Jesus kennen lernen und in der Beziehung zu Ihm wachsen können.

Gott wird dir den nächsten Schritt zeigen.